Nur drei Tage

Eine wahre Geschichte

Mimi J. Poppersen

ISBN: 1505679427
ISBN-13: 978-1505679427

Sometimes the heart sees what
is invisible to the eye

H. Jackson Brown, Jr.

INHALTSVERZEICHNIS

PROLOG

- 24. DEZEMBER -

Genau so hatte sie sich Weihnachten vorgestellt: Kate Hunter stand bei Sonnenaufgang auf dem Balkon ihrer luxuriösen Hotelsuite und blickte auf die traumhaft schöne Hapuna Bucht mit dem feinen weißen Sandstrand und türkisgrünem Wasser. Der Anblick sah aus wie gemalt, wie eine Postkarte der hawaiianischen Kohala Küste, die sie so sehr liebte.

Schon vor Monaten hatte sie mit der Planung dieses Traumurlaubs begonnen. Seit Jahren war dies ihr Wunsch: Die Weihnachtsfeiertage hier auf Hawaii im Kreise ihrer Familie zu verbringen. Endlich einmal richtig entspannen und sich von den Strapazen des anstrengenden letzten Jahres erholen. Dies hatte sie sich wirklich verdient nach den turbulenten letzten Monaten.

Das hatte sie geschafft. Sie war hier: Auf Hawaii. An Weihnachten.

Aber es war alles ganz anders gekommen, als sie es sich vorgestellt hatte…

1

ZEHN WOCHEN ZUVOR

„Wo sind denn nur meine Schuhe, verdammt nochmal?“, rief Kate verärgert, während ihr Blick erneut auf die Kuckucksuhr in der Küche fiel, die heute wie im Zeitraffer auf acht Uhr zuraste. Schon wieder war sie zu spät dran, das konnte doch nicht wahr sein! Jeden Morgen das gleiche Theater und heute war so ein wichtiger Tag im Büro.

In dem Moment kam ihre Tochter Lucy immer noch halb im Schlafanzug gekleidet in die Küche und putzte sich in Zeitlupe die Zähne. Sie blickte ihre Mutter mit großen Augen an, die mittlerweile den kompletten Inhalt des Garderobenschranks auf dem Flur verteilt hatte und vor sich hin fluchte.

„Was suchst du denn, Mama?“ fragte sie unverständlich mit dem Mund voller aufgeschäumter Zahnpasta.

„Meine roten Pumps, die zu diesem Kostüm passen!“

Als von ihrer Tochter nur ein kaum zu vernehmendes „Oh…“ zurück kam, setzte sie sich auf den Boden und blickte diese ungläubig an.

„Sag mir jetzt nicht, dass du meine niegelnagelneuen Schuhe genommen hast, die ich seit einer halben Stunde verzweifelt suche…“

Schulterzuckend drehte sich Lucy um und schlenderte wortlos in ihr Zimmer zurück, um kurz darauf mit den roten Highheels wieder zu erscheinen.

„Das darf doch nicht wahr sein!“, holte Kate gerade aus und wollte ihre Tochter so richtig zusammenstauchen, als Greg zu ihnen trat und, wie so oft, den Streit zwischen den beiden zu schlichten versuchte.

„Reg dich nicht auf, Schatz“, sagte er beruhigend und umfasste ihre Taille. „Du siehst ganz bezaubernd aus und hast doch noch genug Zeit.“

„Aber schau dir Lucy doch mal an! Es ist schon acht Uhr und sie ist noch nicht einmal angezogen. Das macht sie doch bloß, um mich zu ärgern. Wir haben heute einen super wichtigen Termin mit einem neuen Kunden und ich darf auf gar keinen Fall zu spät kommen…abgesehen davon, dass Lucy auch schon wieder zu spät zur Schule kommt.“

„Ich kann sie heute in die Schule bringen“, schlug Greg nun einlenkend vor.

„Ehrlich? Das würdest du machen?“, fragte Kate erleichtert und blickte von ihm zu ihrem Kind, das immer noch mit Zähneputzen beschäftigt war und sowieso in einer anderen Zeitrechnung zu leben schien.

Dankbar drückte sie ihrem Mann einen Kuss auf die Wange, warf ihrer Tochter noch einen letzten wütenden

Blick zu und stürmte aus dem Haus. Bei ihrem Auto angekommen, stellte sie fest, dass sie ihre Aktenmappe vergessen hatte und rannte noch einmal zurück. Als sie wieder die Küche betrat, standen dort Greg und Lucy und lachten herzlich über irgendetwas.

Wahrscheinlich über mich, schoss es Kate durch den Kopf und es versetzte ihr kurz einen Stich ins Herz. Wie vertraut Vater und Tochter doch waren, was bei ihr und Lucy schon lange nicht mehr der Fall war. Aber daran würde sie wohl so schnell nichts ändern können.

Hastig griff sie nach ihrer Bürotasche und schlug die Tür wieder hinter sich zu. Als sie kurz darauf den Rückwärtsgang in ihrem neuen Mercedes einlegte und noch einmal zum Haus hinüber blickte, überkam sie kurz eine gewisse Melancholie. Schon seit längerem verstand sie sich mit ihrer fünfzehnjährigen Tochter nicht mehr. Morgens war meist der Wurm drin und sie gifteten sich meist nur an, aber auch sonst gerieten sie immer öfter aneinander.

Sie beneidete Greg für seine gelassene, ruhige Art, mit der er alles in Angriff nahm. Warum konnte sie nicht so sein? Nichts konnte ihn aus der Ruhe bringen und er war schon immer der ruhende Pol der Familie gewesen.

Wie glücklich sie war, dass sie ihn hatte!

2

Von ihrem durchaus ansehnlichen Haus in Pacific Heights, auf einem der vielen Hügel von San Francisco gelegen, brauchte sie, je nach Verkehr, zwanzig bis dreißig Minuten zu ihrem Büro in der Innenstadt.

Heute hatte Kate also genug Zeit, um zum Büro zu kommen und auf der Fahrt entspannte sie sich sogar ein wenig. Gleich um neun Uhr war der Termin mit einem potentiellen neuen Kunden. Nicht irgendein Kunde, sondern eines der größten Internet-Versandhäuser würde heute hoffentlich einen Millionenvertrag mit ihnen unterschreiben. Sie selbst hatte diesen dicken Fisch an Land gezogen und würde ihr dieser Deal gelingen, konnte sie mit einem sensationellen Bonus zum Jahresende rechnen.

Hawaii. Dort sah sie sich bereits mit ihrer Familie die Feiertage verbringen. Endlich mal wieder! Bei ihrem letzten Urlaub auf Hawaii war Lucy noch ein Kleinkind gewesen. Gerade überlegte Kate verträumt, auf welche der hawaiianischen Inseln sie wohl reisen sollten, als

Bremslichter direkt vor ihr aufleuchteten und sie voll in die Eisen steigen musste.

Puh, das war knapp gewesen! Der Schreck brachte ihr Herz zum rasen, die Gedanken an Hawaii waren wie eine Seifenblase zerplatzt und die Anspannung vor dem heutigen Tag stärker als je zuvor.

Kate kam es vor, als ob sie diesen Job früher leichter weggesteckt hatte, aber da ging es auch noch nicht um Verträge in Millionenhöhe. Bereits seit über zwanzig Jahren war sie in der Werbebranche, hatte nur gut zwei Jahre ausgesetzt, als Lucy geboren wurde und war stets die Karriereleiter weiter hoch geklettert: Größere Firmen, höhere Positionen, mehr Verantwortung, steigendes Gehalt, aber auch stetig zunehmender Stress.

Nun war sie fast an ihrem Ziel angelangt. Ihr nächster Schritt sollte die Marketingleitung in einem großen Konzern sein. Das hätte sie mit fünfzig Jahren gerne erreicht, würde dies aber wohl nicht ganz schaffen, da ihr fünfzigster Geburtstag in knapp zwei Wochen war.

Mein Gott. Fünfzig!

Eigentlich bin ich mit meiner jetzigen Position ja sehr zufrieden, sagte sie gerade zu sich selbst während sie ihren Wagen auf dem Parkplatz direkt unter der Bay Bridge abstellte. Sie stellte fest, dass sie in letzter Zeit immer öfter mit sich selbst sprach. Peinlich berührt blickte sie sich um, ob jemand gesehen hatte, wie sie sich selbst laut Mut zusprach. Der Parkplatz war um diese Zeit immer sehr geschäftig und man konnte durchaus schon den einen oder anderen Kollegen hier treffen, da es nicht gerade an

Parkmöglichkeiten in Downtown San Francisco wimmelte.

Zielstrebig machte sie sich auf den Weg durch die geschäftige Großstadt zu ihrem Büro und kam in ihren hochhackigen Schuhen weitaus langsamer und wackeliger voran, als ihr lieb war. Als das Bürogebäude schon in Sichtweite war, verlangsamte sie ihr Tempo etwas.

Früher hätte ich doch in solchen Schuhen joggen gehen können, dachte sie verbittert.

Früher, früher, immer dieses FRÜHER. War früher alles besser gewesen? sinnierte sie weiter und zupfte sich den etwas zu eng sitzenden Rock zurecht, als ihr plötzlich ein haariges Etwas vor die Füße geschossen kam.

Ein hysterischer Aufschrei entfuhr ihr, sie sprang ängstlich zurück und ließ vor lauter Schreck ihre Aktenmappe fallen. Sämtliche Werbezeichnungen, wochenlange Arbeit, lagen nun auf dem dreckigen Bürgersteig verstreut und ein erneuter Schrei entfuhr ihr bei diesem Anblick.

Wutschnaubend blickte sie auf das vermeintliche Tier, das sie anfallen wollte und stellte erstaunt fest, dass es über Räder verfügte und sich nun genauso schnell, wie es erschienen war, wieder in dieselbe Richtung zurückzog. Wütend blickte sie ihm nach und bemerkte in dem Augenblick den Mann, der gerade aufgestanden war und etwas unbeholfen angefangen hatte zu stammeln: „Entschuldigen Sie, Madam … ich wollte Sie nicht erschrecken…“

„Das darf doch nicht wahr sein! Was soll dieser

Blödsinn?“, giftete Kate den Unbekannten an.

„Ich bin sowieso schon spät dran und jetzt auch das noch!“, schimpfte sie weiter, während sie etwas unbeholfen probierte, sich in ihrem knappen Kostüm zu bücken, um die wichtigen Zeichnungen vom Boden aufzuheben.

Der Mann machte Anstalten, ihr zu helfen und faselte währenddessen weiterhin Entschuldigungen vor sich hin: „Ich will die Leute nur ein wenig aufheitern mit meinem elektrischen Eichhörnchen. Jeder, der hier lang läuft schaut so griesgrämig drein, dass ich mir diesen Scherz überlegt habe“, sagte er gerade während er sich bückte, um eines der Werbeposter aufzuheben.

Kate platzte fast vor Wut, als sie ihn angiftete: „Lassen Sie bloß ihre Drecksgriffel vom meinen wichtigen Unterlagen!“ und nun selber auf Knien auf dem Boden rumrutschte, um sämtliche Poster wieder einzusammeln.

Der Fremde versuchte immer noch sich zu rechtfertigen, als Kate etwas umständlich wieder zum Stehen kam und ihn böse anfunkelte: „Bei mir können Sie sich diesen Spaß in Zukunft sparen!“

Nun war ihr Gegenüber still und blickte sie mit großen Augen an. Tiefblaue, traurige Augen unter einer Baseballkappe in einem sehr haarigen, ungepflegt wirkenden Gesicht. Es war offensichtlich, dass der Mann auf der Straße lebte und Kate konnte ihm ansehen, dass er es wirklich nicht böse gemeint hatte. Das tat aber nichts zur Sache, sie war stinksauer und hatte wertvolle Zeit wegen ihm verplempert. Ein Blick auf ihre

Armbanduhr sagte ihr, dass es mittlerweile 8.58 Uhr war. Sie klopfte sich den Staub von der Kleidung und rannte los.

Als ihr der Mann „ich wünsche Ihnen trotzdem noch einen schönen Tag!“ hinterher rief, tat sie so, als hätte sie es nicht gehört und eilte weiter.

3

Im Büro angekommen, warf sie im Vorbeilaufen der Empfangsdame ihren Mantel zu und betrat etwas außer Atem den Konferenzsaal.

Dies war ein edler, großzügig geschnittener Raum mit Holzvertäfelungen und bodentiefen Fenstern, was den Anwesenden einen überragenden Ausblick auf die Bay Bridge und die Bucht von San Francisco bot.

Kate blickte sich kurz um und stellte fest, dass schon die Führungsriege des potentiellen neuen Kunden anwesend war.

Obwohl die Teilnehmer sich noch nicht gesetzt hatten und Kate nicht wirklich zu spät war, erntete sie einen vorwurfsvollen Blick von ihrem Vorgesetzten Hank Goblin.

Mein Gott, wie sie es hasste, sich zu fühlen wie ein Schulkind, das getadelt werden musste. Das tat Hank nur zu gerne. Dabei hatte dieser Idiot nur ihr diesen großen Deal zu verdanken. In dem Moment merkte Kate, was für eine Wut in ihrem Inneren brodelte.

War das wegen dem Scherz des Obdachlosen eben? Oder eher weil Hank genau die Position innehatte, die eigentlich ihr zustand?

Selbstsicher und ein bisschen mit dem Hintern wackelnd lief sie durch den Konferenzraum und übergab Hank ihre Unterlagen und schenkte ihm hierbei ein unwiderstehliches Lächeln, wie sie fand, mit dem sie auch die gesamte Runde beglückte, die nun an dem Besprechungstisch Platz genommen hatten.

Graziös durchquerte sie den Raum und blickte selbstsicher jedem einzelnen Teilnehmer in die Augen, während sie merkte, wie ihr der Schweiß ausbrach und sie froh war, endlich ihren Platz erreicht zu haben. Einen Seufzer unterdrückend setzte sie sich hin, zupfte ihr Kostüm zurecht und entfernte einige schwarze Fusseln von ihrem Rock.

Kate Hunter war sich ihrer Erscheinung durchaus bewusst. Mit ihren Fünfzig-minus-zwei Wochen sah sie noch fantastisch aus: Hochgewachsen, volles blondes Haar und dank ihres strammen Sportprogramms hatte sie eine blendende Figur.

Gut, die Haare waren gefärbt, aber wen interessierte das schon.

Auch gegen die Falten hatte sie schon etwas nachgeholfen, aber wer tat das nicht?

Trotz dieser kleinen Verschönerungsmaßnahmen wirkte sie sehr natürlich und nur ein bisschen Makeup reichte, um ihre strahlend blauen Augen hervorzuheben und ihr einen frischen Teint zu verpassen. Ihr Äußeres wirkte definitiv jünger als Fünfzig!

Plötzlich bemerkte sie die Stille im Raum und schaute auf. Alle Teilnehmer im Konferenzsaal blickten sie an. Kates Herz setzte einen Moment aus und sie spürte, wie ihr die Röte ins Gesicht schoss.
Hatte sie ihren Einsatz verpasst? Hatte Hank sie gerade etwas gefragt?

Warum war sie nur so verdammt unkonzentriert an einem der wichtigsten Tage in ihrer Karriere?

„… wird uns gleich einige unserer sehr erfolgreichen Werbekampagnen vorstellen, die denen in Ihrem Konzern sehr ähnlich sind“, sprach er nun weiter und alle Blicke waren wieder auf Mr. Goblin gerichtet.

Puh, er hatte sie nur vorgestellt. Kate merkte, wie ihr der Schweiß den Rücken hinunterlief. Unmöglich konnte sie ihr Jacket ausziehen, was sie bei dieser unerträglichen Hitze in dem Raum liebend gern getan hätte.

Als sie sich umblickte, musste sie allerdings feststellen, dass niemand sonst zu schwitzen schien.

Der eine oder andere hielt sogar wärmesuchend die Kaffeetasse mit beiden Händen fest an diesem frischen Oktobermorgen.

Wechseljahre! Das sind die Wechseljahre und diese Scheiß-Hormonpillen, dachte Kate panisch und löste hierdurch einen erneuten Schwall von Körperflüssigkeiten aus.

Fast fühlte es sich an, als würde sie bereits in einer kleinen Schweißpfütze sitzen.

Nervös blickte sie an sich hinunter, ob etwa schon ihre

Kleidung feucht an ihrem Körper klebte und zupfte erneut an ihrem Rock.

Warum hatte sie nur dieses knappe Kostüm angezogen?

Der weite Hosenanzug aus Seide wäre doch viel passender gewesen bei diesen tropischen Temperaturen… oder ein langer Rock! Am besten noch eine Burka dazu…“

„Mrs. Hunter?“

Ertappt blickte sie wieder auf und sah erschrocken auf die etwa zwanzig Gesichter, die sie mit ihren gut vierzig Augen anstarrten. Nicht, dass manche Teilnehmer nur ein Auge hatten, sie wusste nur nicht genau, wie viele Leute sich in dem Raum befanden.

Nun blickte sie zu Hank.

„Ja bitte?“, gab sie idiotischerweise von sich.

„Würden Sie bitte unserem Kunden die Werbekampagnen zeigen!“, etwas Drohendes schwang in Hanks Stimme mit und sofort erhob sich Kate.

Jetzt kam ihr Einsatz!

Erst zögernd und dann mit jedem Schritt selbstsicherer, lief sie an das Ende des Tisches und stellte sich direkt neben Hank, den sie in ihren hochhackigen Pumps um einen halben Kopf überragte.

Geschickt bediente sie den Laptop, auf dem sie ihre Präsentation vorbereitet hatte und reichte zusätzlich die Werbeunterlagen herum, die noch vor kurzem in der Gosse gelegen hatten.

Bei diesem Gedanken musste sie fast lachen, fing sich

aber schnell wieder und war sogleich professionell wie eh und je und legte eine grandiose Darbietung hin, wie sie fand.

Am Schluss, als sie siegessicher wieder durch den Raum schritt, erntete sie zustimmendes Kopfnicken von dem Kunden und einige bewundernde Blicke ihrer Kollegen.

4

Puh. Das war geschafft.

Der Vertrag zwischen *Magnets Marketing* und dem neuen, millionenschweren Kunden war per Handschlag schon einmal unter Dach und Fach. Sie wussten, dass das Internet-Warenhaus gerne seine Abkommen so besiegelte, bevor alles schriftlich festgehalten wurde. Wichtig war, dass man sich auf diese Vereinbarung verlassen konnte, dafür war ihr Kunde bekannt.

Es gab einige der größten Firmen in USA, die ihre Verträge in Millionenhöhe ausschließlich per Handschlag abschlossen, das hatten sie auch schon erlebt.

Am folgenden Montag wollte man sich nun noch einmal zusammensetzen und besprechen, für welche der Werbekampagnen sie sich entscheiden würden.

Kate hätte jubeln können und freute sich nun richtig auf das kommende Wochenende. Äußerlich blieb sie zwar kühl, als Hank auf sie zutrat, um ihr die Hand zu schütteln und sie zu beglückwünschen, innerlich jedoch spielte sich bereits ein Feuerwerk ihrer Gefühle ab. Kate genoss es, wenn Hank Goblin ihr zu erfolgreich abgeschlossenen Verträgen, die einzig und allein ihrem Talent zu verdanken waren, gratulieren musste. Für sie stand schließlich fest, wer hier der Bessere im Job war. Nur die Geschäftsleitung musste dies noch einsehen. Da Hank nur ein paar Jahre älter war als sie, konnte sie auf dessen Pensionierung allerdings nicht so bald hoffen. Dann würde auch sie bald in Rente gehen. Wieder rief sie sich in Gedanken, dass sie ja eigentlich ganz zufrieden mit ihrer momentanen Position war.

Es waren nur noch eine Handvoll Kollegen in dem Raum, als ihr Chef zu ihr trat, um sein Lob auszusprechen, gefolgt von einer jungen Frau, die Kate noch nie gesehen hatte. Diese hielt sich etwas schüchtern im Hintergrund und Kate überlegte, ob es sich wohl um Goblins Tochter handeln könnte.

Obwohl Hank Goblin auf den ersten Blick (und den zweiten und dritten) ohne Probleme als schwul hätte durchgehen können, wusste Kate, dass er über eine relativ große Kinderschar verfügte und auch schon früh angefangen hatte. Sie war sich zwar nicht sicher, ob alle Kinder von der gleichen und jetzigen Frau stammten, aber ein paar Enkelkinder waren auch schon am Start, glaubte sie sich zu erinnern. Daher waren ihre nun folgenden Gedanken nicht völlig abwegig.

„Darf ich Ihnen unsere neue Mitarbeiterin Miss Riley Cook vorstellen. Sie wird uns bei diesem Projekt von nun an tatkräftig unterstützen."

„Ach", erwiderte Kate lachend, während sie der

jungen Dame die Hand schüttelte „Und ich dachte, Sie wären die Tochter…“

Ihr Gegenüber erfror förmlich in der Bewegung und beide blickten Kate an wie Autos. Goblin eher wie ein Lastwagen aus dem Film „Trucks“ von Stephen King.

„Äh…ich meine…“, stammelte Kate nun.

Mist. Ich war doch früher nicht so ein Kandidat für Fettnäpfchen. Früher. Wieder früher! schossen ihr die Gedanken durch den Kopf.

Sie schluckte den Kloß in ihrem Hals hinunter und sagte betont selbstsicher: „Schön Sie kennenzulernen, Miss Cook.“

Goblin überging ihren reichlich blöden Kommentar schlichtweg und teilte ihr mit, das Miss Cook schon Erfahrung im Bereich der Internet-Werbung habe und sie bei dem Projekt mit dem gerade gewonnenen Großkunden unterstützen werde.

„Fantastisch!“, rief Kate gekünstelt und da sie gerade keine Lust auf weiteren, plastikhaften Smalltalk hatte, fügte sie abschließend hinzu: „Dann wünsche ich Ihnen beiden ein schönes Wochenende!“, drehte sich etwas von Hank und ihrer neuen Kollegin ab, wiederholte die Wünsche an die restlichen Umstehenden im Raum und verließ diesen fluchtartig.

Kurz musste sie noch die Damentoilette aufsuchen, um ihr viel zu enges Kostüm, das während der letzten Stunden um drei Größen geschrumpft sein musste und nur noch so an ihrer Haut klebte, zu trocknen. Immer aufmerksam zur Tür blickend, damit niemand sie dabei ertappte, was für Verrenkungen sie vor dem Händetrockner vollzog.

Anschließend begab sie sich schon wesentlich besser gelaunt in den Fahrstuhl und betrat kurz darauf die Fremont Street, in der sich schon angenehme Abenddämmerung verbreitete: Es lag ein Hauch von Seeluft und frisch Gebratenem in der Luft, der einem förmlich das Wasser im Mund zusammenlaufen ließ. Aus den umliegenden Bars ertönte dezente Musik und man konnte Menschen lachen hören.

Kate liebte diese Stadt, das Leben darin, die besondere Stimmung, die sich gerade abends in den Straßen von San Francisco ausbreitete. Die pulsierende Atmosphäre war ansteckend und liebend gerne hätte sie sich jetzt auch in eines der netten Straßencafés gesetzt und ihren Feierabend genossen.

Sie freute sich aber auch auf das Wochenende mit ihrer Familie und so atmete sie tief ein und begab sich bester Laune auf den Heimweg Richtung Bay Bridge, wo ihr Wagen geparkt war.

Schon nach ein paar Metern sah sie ihn wieder: Den Obdachlosen von diesem Morgen. Er saß auf einer Parkbank nur unweit von ihrem Büroeingang und schien mit irgendetwas beschäftigt zu sein. Jedenfalls hielt er den Blick konzentriert gesenkt und Kate dachte sogleich: *Nur schnell vorbei an dem komischen Typen!*

Als sie auf gleicher Höhe angekommen war, hatte er sie aber bereits entdeckt und rief ihr gut gelaunt zu: „Entschuldigen Sie noch einmal wegen heute Morgen,

Miss!“

Als sie ihn anblickte, zuckte er entschuldigend mit den Schultern und sprach fröhlich weiter: „Sie sehen aber viel besser aus als noch vor ein paar Stunden. War ihre Präsentation erfolgreich?“

Eigentlich wollte Kate einfach weitergehen und so tun, als würde sie ihn nicht hören. Nun blieb sie aber verdutzt stehen und blickte ihn an.

Woher wusste er das, fragte sie sich und sprach es sogleich laut aus: „Woher wissen Sie das?“, während sie einen Schritt auf ihn zuging.

Der Clochard saß auf seiner Bank, hielt das elektrische, haarige Wesen in der einen und einen kleinen Schraubenzieher in der anderen Hand und schien auf seltsame Weise glücklich zu sein bei dem was er tat.

Kate betrachtete ihn genauer: Es war offensichtlich, dass er ein Heimatloser war. Das verriet seine abgenutzte Kleidung und das etwas ungepflegte Äußere. Dennoch sah er aus, als würde er nicht hierhin gehören. Die Kleidung, die er trug war hochwertig, das erkannte Kate sofort. Außerdem wirkte er nicht so weggetreten wie die meisten anderen Obdachlosen, die unter Drogen standen. Er schien sich eine besondere Art von Humor erhalten zu haben.

Der Fremde strahlte sie an: „Na, das war doch klar, so wie sie heute Morgen unterwegs waren mit ihren wichtigen Unterlagen…wie von der Tarantel gestochen. Und jetzt schlendern Sie hier gemütlich entlang, als wollten Sie den Abend noch etwas genießen.“ Er machte eine kurze Pause und blickte sie dann direkt an: „Schöne Werbeplakate, übrigens! Haben Sie die gemacht?“

Fast war Kate geneigt, etwas Pampiges zu antworten.

Was gingen diesen Penner ihre Plakate an? Als sie in seine Augen blickte, konnte sie jedoch keinerlei Ironie erkennen, lediglich ehrliches Interesse. Kate war irritiert und wusste nicht recht, was sie erwidern sollte.

Daher sagte sie nur zögerlich: „Danke. Ja, die sind von mir“, und fügte nach einer Pause etwas unbeholfen hinzu: „Brauchen Sie Geld?“

Was für eine blöde Frage! Natürlich brauchte jemand, der auf der Straße lebte jeden Cent. Oder dachte sie, dass sein Porsche um die Ecke geparkt stand.

Ihr Gegenüber schien denselben Gedanken zu haben und erwiderte schmunzelnd: „Ja, ein paar Kröten wären nicht schlecht. Mein Porsche braucht dringend neue Reifen.“ Kurz lachte er bitter auf und sagte dann ernst: „Gegessen habe ich heute noch nichts…“, wobei er beschämt zu Boden blickte.

Plötzlich tat er ihr leid, sie suchte nach dem Portemonnaie in ihrer Handtasche und drückte ihm eine Fünf-Dollar-Note in die Hand. Übertreiben wollte sie es ja auch nicht und das war schon das meiste, was sie jemals einem Obdachlosen hatte zukommen lassen. Dieser lüftete seine Baseballkappe und deutete eine Verbeugung an.

„Vielen Dank, Madam. Ich werde Sie in mein Nachgebet miteinschließen“, gab er von sich und schien ihr wirklich sehr dankbar zu sein.

Kate fühlte sich nun noch besser, als sie weiterlief, denn wie sagte man: „Jeden Tag eine gute Tat…“.

Da hörte sie wie er ihr hinterherrief: „Einen süßen Hintern haben Sie übrigens, Miss.“

Kate blickte sich um, holte empört Luft, um etwas zu erwidern und musste dann zu ihrer eigenen Verwunderung lachen.

Herzlich lachen.

5

Zuhause angekommen, fühlte sich Kate großartig und machte sich bestens gelaunt daran, das Abendessen vorzubereiten.

Sie wollte Lucys Lieblingsessen kochen: Hähnchen in Zitronensoße mit Ofenkartoffeln und Salat. Eine Flasche Sekt stand auch schon gekühlt für Greg und sie im Kühlschrank bereit.

Gerade als sie den Backofen anstellte, erschien ihre Tochter in der Küche, deren schlechte Laune man schon aus hundert Meter Entfernung riechen konnte. Kate nahm sich vor, dies einfach zu ignorieren und sagte gut gelaunt: „Wie war denn dein Tag, Liebes? Ich mache Huhn in Zitrone. Extra für dich."

„Ich bin doch Vegetarier", kam es nur pampig zurück.

„Seit wann das denn?", fragte Kate und wirbelte herum, stark bemüht, ihren Tonfall zu beherrschen und Lucy nicht gleich wieder anzupflaumen.

„Seit heute!", gab diese dann allen Ernstes von sich und wie sie so dastand in ihrem Möchte-Gern-Coolen-

Outfit und ihrem ewig existierenden Schmollmund in ihrer höchst pubertären Art, musste Kate einfach lachen. Sie prustete nur so heraus als sie ihre Tochter anblickte, die sich daraufhin stinksauer umdrehte, in ihrem Zimmer verschwand und die Tür zuknallte, dass alle Wände wackelten.

Kate drehte sich wieder zum Ofen um, musste immer noch lächeln und fragte sich, warum sie heute so gut gelaunt war.

Klar, der abgeschlossene Deal, aber auch sonst fühlte sie sich irgendwie gelöster als sonst.

Ob das die neuen Hormonpillen waren, die ihr der Arzt verschrieben hatte. Aber von denen hatte sie doch bisher nur diese unkontrollierten Schweißausbrüche bekommen.

Und warum musste man eigentlich immer alles hinterfragen?

Bald würde Greg nach Hause kommen und sie würden sich einen gemütlichen Abend machen. In dem Moment hörte sie sein Auto die Einfahrt hinauf kommen.

Kate schnappte sich den Sekt aus dem Kühlschrank und ließ den Korken genau dann knallen, als er die Küche betrat.

„Wow, Schatz!“, rief Greg aus, wobei seine Stimme aber weniger begeistert klang und er abgespannt wirkte. „Gibt es was zu feiern?“

„Ja!“, erwiderte Kate euphorisch. „Wir haben den Vertrag praktisch in trockenen Tüchern. Die Präsentation war klasse! Lass uns drauf anstoßen.“

Während sie den Prosecco in ihre edelsten Sektkelche füllte, sprach sie unbeirrt weiter: „Wir können erst köstlich essen und es uns dann gemütlich machen… oder ausgehen. Ganz wie du magst."
Als sie ihm sein Glas reichte, merkte sie an seinem Blick, dass etwas nicht stimmte.

„Was ist?", fragte Kate und hielt in ihrer Bewegung inne.

„Kate, heute ist doch der erste Freitag im Monat."

„Na und?", gab diese immer noch gut gelaunt zurück.

„Da ist doch mein Männerabend. Schon seit über einem Jahr. Jeden ersten Freitag treffe ich mich mit Johnny und den Jungs. Das weißt du doch."
Seine Stimme klang, als würde er mit einem kleinen Kind sprechen und Kate konnte unterschwellig herauszuhören, dass ihn ihre Vergesslichkeit, fast Ignoranz, nervte. Es stimmte. Schon seit Ewigkeiten traf sich Greg einmal im Monat mit seinen Freunden und Kate vergaß es jedes Mal.

„Ach, stimmt ja", gab sie nun kleinlaut von sich, lächelte ihn dann aber an und fragte: „Aber zum Essen kannst du noch bleiben, oder?"

„Ja, klar", gab Greg nun erleichtert von sich und gab ihr einen Kuss.

Hierauf stießen sie nun doch feierlich an und er gratulierte ihr zu dem erfolgreichen Tag.
Kate hatte sich das Abendessen zwar etwas anders vorgestellt, wollte sich aber ihre gute Laune nicht verderben lassen.

Hätte ich das gewusst, hätte ich mir nicht so viel Mühe mit dem Kochen gemacht, dachte sie, während sie beobachtete, wie Greg das Essen in Windeseile verschlang und dabei immer wieder zur Küchenuhr schielte und Lucy von ihrem Lieblingsessen keinen Bissen anrührte und nur ein paar trockene Ofenkartoffeln in sich hineinstopfte.

Nachdem Greg sich zurückzog, um sich umzuziehen und ihre Tochter wortlos wieder in ihrem Zimmer verschwand und irgendwas von Skypen nuschelte, machte Kate sich nun doch etwas niedergeschlagen an den Abwasch.

Kurze Zeit später erschien ihr Mann wieder, um sich zu verabschieden und sah wirklich umwerfend aus, wie Kate nicht ohne Stolz feststellte.

Für seine dreiundfünfzig Jahre sah er besser aus als so manch Mitdreißiger.

Er hatte noch volles, nur leicht ergrautes Haar und keinen, oder fast keinen, Bauch angesetzt, wie so viele in seinem Alter. Er wirkte wie ein etwas in die Jahre gekommener Hollywoodstar, der mit der Reife immer besser wurde.

Wie ein reifer Käse, dachte Kate und musste schmunzeln während sie ihm hinterherblickte.

Oder ein guter Wein, war ihr nächster Gedanke, worauf sie sich Prosecco nachschenkte und beobachtete, wie er sein Mountainbike aus der Garage holte und losradelte.

Irgendwie wirkt er etwas abgespannt und abwesend, grübelte sie weiter und beschloss, dass sie an diesem Wochenende etwas Schönes gemeinsam unternehmen sollten.

Vielleicht ja mal wieder die ganze Familie.

Sie könnten in den Redwoods Wäldern in den Bergen von San Francisco wandern gehen, dachte sie, sah dann allerdings Lucys genervtes Gesicht vor sich und hörte ihre Denkblase förmlich zerplatzen.

Vielleicht wohl doch eher ein Ausflug zur Shopping Mall oder zum Bowlen, was ihr wieder weniger romantisch vorkam. Oder wie wäre es mal wieder mit einem schönen Kinofilm? Ob es da einen gab, der ihnen allen gefallen würde?

Kate seufzte. Es war Freitagabend, 19 Uhr, sie hatte etwas zu feiern und saß alleine zuhause rum.

Kurzerhand schnappte sie sich die Flasche Prosecco und ging mit zwei Gläsern zu ihrer Nachbarin und guten Freundin Amanda hinüber. Diese hatte immer ein offenes Ohr für sie und war eine richtige Partymaus im Vergleich zu ihr, aber auch einige Jahre jünger.

Früher hatte Kate auch mehr gefeiert. *Früher…*

Amanda wohnte schräg gegenüber in einem hübschen viktorianischen Haus, das aussah wie ein Cupcake: Rosafarben, mit hellblauen Fensterläden und Verzierungen an Veranda und Dach.

In ihrer Straße gab es einige recht farbenfrohe Häuser, fast schien ein Wettbewerb ausgebrochen zu sein in den letzten Jahren.

Die Villen neben Amandas Wohnhaus erstrahlten in mintgrün, apricot und fliederfarben. Im Vergleich zu diesen Häusern wirkte das Anwesen der Familie Hunter geradezu blass und langweilig, wobei Kate damals den hellgelben Anstrich ihres Hauses schon gewagt fand. „Wie eine Zitrone“, hatte sie immer gesagt und auch passend dazu einen großen Zitronenbaum in den Vorgarten gepflanzt.

Zum zweiten Mal klopfte sie an die hellblaue Holztür und wechselte vom einen Fuß auf den anderen.

Auf einmal musste sie furchtbar dringend auf die Toilette. Das war auch so etwas Neues.

Hatte sich nicht früher langsam angekündigt, dass man pinkeln gehen musste? Heute kam es ihr vor, als käme es immer von jetzt auf gleich.

Während Kate noch über ihr kleines Pinkelproblem nachdachte und innen die zwei Möpse bellen hörte, wurde die Tür aufgerissen und Amandas Ehemann, beziehungsweise Ex-und-jetzt-wieder-Mann, stand nur in ein Handtuch gewickelt vor ihr.

Beide blickten sich einige Sekunden lang nur an und sagten nichts. Kate merkte, dass es eine recht absurde Situation war und die Röte schoss ihr ins Gesicht.

Zu allem Überfluss sagte sie dann auch noch als Begrüßung: „Ich muss mal… äh, ich meine…Hallo Dave. Ist Amanda da?“

„Nein, sie ist nicht hier, aber du weißt ja wo die Gästetoilette ist…“, erwiderte dieser lächelnd.

Eigentlich mochte sie Dave nicht besonders. In ihren Augen war er ein aufgeblasener Snob und Wichtigtuer, obwohl er fantastisch aussah, musste sie zugeben. Halb nackt erst recht.

Etwas unbeholfen drückte sie ihm die Prosecco

Flasche und die Gläser in die Hand, woraufhin er einige Verrenkungen vollführen musste, damit das Handtuch nicht einfach zu Boden fiel.

Als sie kurze Zeit später zu ihm auf die Terrasse trat, hatte Dave sich schnell Shorts und ein Poloshirt übergeworfen und den Sekt und die Gläser auf den Tisch gestellt. Sogar etwas zu Knabbern hatte er aufgetrieben oder das Gebäck stand schon seit Tagen dort, was sie eher vermutete.

So verbrachte sie ihren Freitagabend mit Dave, der bald die nächste Flasche Sekt köpfte, von der er selbst am meisten trank und redete wie ein Wasserfall.

Hauptsächlich über Golf: Die besten Golfplätze, seine neue Platzreife, Golfturniere, Golfreisen, Golfklamotten. Kate musste zwischendurch immer wieder ein Gähnen unterdrücken. Nicht ein einziges Mal fragte er, warum sie eigentlich rüber gekommen war.

Wieder zuhause angekommen, kickte sie erleichtert ihre Schuhe in eine Ecke, stellte zufrieden fest, dass Lucy sich doch noch über das Hühnchen hergemacht hatte und setzte sich vor den Fernseher.

Sie hätte das Haus gar nicht verlassen sollen!

Erschrocken fuhr sie zusammen, als laute Werbemusik aus dem Fernseher ertönte. Warum musste die Werbung nur immer so viel lauter sein als der Film, der gerade lief?

Doch definitiv nur, um die gerade friedlich eingeschlummerten Zuschauer auf grausame Art und Weise zu wecken. Verschlafen rieb sie sich die Augen und blickte auf die Uhr. Es war bereits halb eins.

Schien wohl eine längere Nacht für Greg zu werden. Schlaftrunken ging sie die Treppe hinauf, war überrascht, dass Lucy schon schlief und machte, nachdem sie noch etwas über Reisen nach Hawaii im Internet gesurft hatte, auch bald das Licht aus.

Das war ihr Plan. Ihr Ziel für das Ende dieses anstrengenden Jahres: Ein traumhafter Urlaub über Weihnachten mit ihrer Familie auf Hawaii.

6

Kate wachte früh auf an diesem Samstagmorgen und glitt leise aus dem Bett, um Greg noch etwas schlafen zu lassen, der anscheinend einen recht feuchtfröhlichen Abend -oder besser gesagt Nacht- hinter sich hatte.

Sie beschloss in aller Frühe joggen zu gehen, was sie schon seit Ewigkeiten nicht mehr getan hatte. Gut eine Stunde später stand sie unter der Dusche und fühlte sich herrlich! Bäume hätte sie ausreißen können. Als sie kurz darauf das Schlafzimmer betrat, blickte Greg sie schlaftrunken an und lächelte müde.

„Na, du Schlafmütze“, begrüßte sie ihn neckisch und stellte sich vor den Spiegel, um sich einzucremen und anzuziehen. Sie spürte seinen Blick auf sich ruhen und fühlte sich wohlig dabei. Plötzlich kam ihr ein Gedanke und im Nachhinein wusste sie nicht, warum sie ihm diese Frage stellte:

„Findest du meinen Hintern eigentlich noch sexy?“

Kurz herrschte Stille und dann kam nur ein: „Hm…“ von Greg.

Fast wäre sie herumgefahren und hätte ihn angefaucht: „Was heißt da „Hm“?!“, kämmte sich aber ruhig weiter die Haare und bemühte sich, geduldig auf eine etwas ausführlichere Antwort zu warten.

Als Greg bemerkte, wie sie ihn im Spiegel fixierte, seufzte er: „Warum das denn?“

„Wie? Warum das denn?“, gab Kate nun doch leicht genervt zurück.

„Was ist das denn für eine Frage“, probierte er sich aus der Affäre zu ziehen.

„Na, das ist doch eine ganz einfache Frage: Wie findest du meinen Hintern?“

Nun drehte sie sich doch um und blickte ihn direkt an. Greg musste lachen, streckte seine Hand nach ihr aus, zog sie zu sich ins Bett und kniff ihr frech in den Po. Die folgenden Worte hätte er sich allerdings sparen können.

„Ich finde ihn super, aber er war auch schon mal knackiger“.

Kate erfror in ihrer leidenschaftlichen Umarmung.

„Wie?“

„Ach Schatz“, sagte er lachend. „Dein Hintern ist toll. Aber…auch an dir geht die Schwerkraft nicht spurlos vorüber…“

Schon war Kate etwas zu eilig aufgesprungen und ärgerte sich über sich selbst, da sie nicht als Zicke rüber kommen wollte. Sie hatte ihn schließlich gefragt und er hatte ehrlich geantwortet.

Warum nur? Männer waren solche Idioten!

Toller Start ins Wochenende, wenn einem der Ehemann sagt, dass man einen Hängearsch hat! dachte sie verbittert und sagte zu ihm, wieder eine Spur zu schnippisch: „Andere Männer finden meinen Arsch sexy!“, drehte sich um und verließ offensichtlich beleidigt den Raum.

Das „andere Männer“ ein Obdachloser auf der Fremont Street war, musste sie ihm ja nicht unter die Nase reiben.

7

Für das kleine Desaster am frühen Morgen, verlief das Frühstück relativ harmonisch und sogar Lucy unterhielt sich mit ihnen, nachdem Kate sie aufgefordert hatte, die Ohrstöpsel von ihrem IPod aus den Ohren zu nehmen.

„Kinder, ich habe mir was Schönes für heute überlegt“, sprudelte Kate nur so heraus und merkte gar nicht, wie irritiert Greg und Lucy sie anblickten.

„Wir fahren mit dem Schiff nach Sausalito, gehen dort etwas spazieren, bummeln durch die Hauptstraße, kaufen vielleicht was Schönes und gehen dann köstlich Mittagessen.“ Nun blickte sie die beiden an, von denen keinerlei Reaktion kam.

„Was haltet ihr davon?“, fragte sie immer noch gut gelaunt.

Zuerst blickte sie fragend zu Greg, der sich räusperte und dann antwortete: „Ich gehe doch heute zu dem Golfturnier mit Dave und Amanda“, fast wirkte er etwas peinlich berührt.

„Ach, stimmt ja“, gab Kate nun von sich und tat so als

wäre der Groschen gefallen, wobei sie sich sicher war, von diesem Golfturnier noch nie etwas gehört zu haben.

„Du meintest, das interessiert dich nicht“, verteidigte Greg sich und man merkte, dass es ihm etwas unangenehm war.

„Ist doch kein Problem“, gab Kate übertrieben verständnisvoll zurück und sagte an Lucy gerichtet: „Dann machen wir uns halt mal wieder einen schönen Mädels-Tag…“

Der Anblick ihrer Tochter ließ sie allerdings den Rest des Satzes hinunter schlucken.

„Heute hat doch Hannahs Geburtstag und ich übernachte bei ihr. Wir wollten uns schon vormittags treffen.“ Lucy war die Situation weniger unangenehm als ihrem Vater, aber auch sie schien Kate mit ihrer euphorischen Idee etwas leid zu tun.

Beide halfen ihr daraufhin netterweise beim Aufräumen und es herrschte ein unangenehmes Schweigen.

„Weihnachten habt ihr beide aber noch nichts vor, oder?“, fragte Kate anschließend und auch dieser Scherz kam eher schnippisch rüber als alles andere.

Hierauf machte sich Kate daran, sich wieder dem von ihr geplanten Weihnachtsurlaub zu widmen und setzte sich mit ihrem Laptop vor den Kamin.

Die Morgende im Oktober waren mittlerweile schon recht kalt geworden und mit einer heißen Schokolade vor dem offenen Feuer zu sitzen war einfach herrlich.

Kurz schweiften ihre Gedanken zu dem Obdachlosen von gestern ab.

Wo er sich wohl bei dieser Kälte aufhielt?
Hoffentlich in einer der vielen Behausungen, die es in San Francisco für Menschen gab, die auf der Straße lebten.

Schon das zweite Mal heute Morgen, dass ich an diesen Penner denke, dachte Kate kopfschüttelnd und konzentrierte sich wieder auf ihre Suchergebnisse zu Hawaii.

Den ersten Teil ihrer Reise sollten sie auf der „Big Island" verbringen. Kate hatte eine tolle Mischung aus Erholung und Abenteuer für die acht Tage, die sie auf der Vulkaninsel verbringen wollten, zusammengestellt.

Zuerst würden sie es sich in einem 5-Sterne-Luxushotel ein paar Tage gut gehen lassen. Das Angebot dieser Ferienanlage war einfach fantastisch und bot für jeden in der Familie etwas: Lucy könnte die größte Poollandschaft von Hawaii erforschen, für Kate hörten sich Strand und Wasserskifahren sehr reizvoll an, und Greg könnte dort sogar seinem langweiligen Golfspielen nachgehen.

Dann würden sie zwei Nächte in einem urigen Bed and Breakfast mitten im Regenwald verbringen und zum Abschluss noch ein paar Tage in einem abgefahrenen Ferienhaus wohnen, das auf erloschenem Lava erbaut wurde und sich ganz in der Nähe des noch aktiven Vulkans befand.

Angeblich konnte man von hier aus zu den Stellen zu Fuß gehen, wo die heiße Lava ins Meer floss. Die geposteten Bilder hierzu waren faszinierend.

Soweit stand die Reise nun fest und sie wollte gerade den Flug buchen, als Dave und Amanda das

Wohnzimmer betraten, um sie zu begrüßen. Die beiden waren in ihre schicksten Golfklamotten gekleidet, auch noch im Partnerlook, was wirklich etwas lächerlich aussah, wie Kate fand. Erst da fiel ihr auf, dass sie selbst noch im Nachthemd war, noch dazu ein recht hässliches und verwaschenes Exemplar und ersparte sich jeden Kommentar.

Aber schließlich handelte es sich bei Amanda um eine sehr gute, wenn nicht beste Freundin von ihr und Dave hatte sie gestern ja auch fast nackt gesehen.

Trotzdem war das Zusammentreffen etwas krampfhaft und bestand nur aus Smalltalk. „Viel Glück beim Turnier“…“Schick seht ihr aus!“… „Du aber auch.“ Lachhaft das Ganze.

Als sie mit Greg im Schlepptau, der ähnlich lächerlich zurecht gemacht war, das Haus verließen, winkte Kate den dreien hinterher und kam sich dabei etwas dämlich vor. Kurz war sie geneigt, ihre freundliche Winkehand in einen hochgestreckten Mittelfinger umzuwandeln, als sie die drei davonbrausen sah, hielt sich aber brav zurück.

Warum wieder diese Wut? Natürlich hatte sie keine Lust gehabt, am Wochenende auf einem Golfturnier abzuhängen! Aber was machte sie sonst an ihren Wochenenden?

Kochen? Putzen? Waschen?

Wahrscheinlich.

Oft besuchte sie auch ihre Eltern, die etwas nördlich von San Francisco, in dem schönen Küstenörtchen Stinson

Beach, wohnten. Aber dies auch oft alleine. In dem Moment fiel ihr auf, wie wenig sie noch als gemeinsame Familie unternahmen und ihre gute Laune drohte in Unmut umzukippen.
Musik. Sie brauchte jetzt etwas Musik zur Ablenkung. Als kurz darauf die Rolling Stones aus den Lautsprechern im Wohnzimmer ertönten und sie den Lautstärkeregler fast bis zum Anschlag aufdrehte, fühlte sie sich schon erheblich besser.

Lauthals mitsingend und tanzend löste sich langsam ihre Anspannung und sie fühlte sich wieder richtig gut. Sie wusste nicht, wie lange sie schon getanzt hatte, aber gerade als sie lauthals mitsang zu dem Lied „American Pie“ von Don McLean, von dem sie wirklich jede Zeile auswendig kannte, standen Lucy und Hannah in der Tür und blickten sie schweigend an.

Hannah lachte peinlich berührt, Lucy hingegen sah aus als würde sie gleich losheulen vor Beschämung. Sie war in dem Alter, in dem sowieso alles peinlich war, was die Mutter machte, aber wenn diese dann wirklich mittags im Nachthemd im Wohnzimmer tanzte, war das unverzeihlich.

Kate konnte Lucy ansehen, wie verdammt unangenehm ihr die Situation war. Aber Kate war es erstaunlicherweise völlig egal, was die Mädchen von ihr dachten. Es ging ihr gerade fantastisch!

Kurz drehte sie die Musik leiser, wünschte Hannah alles Gute zum Geburtstag und den beiden einen tollen Tag.

Als die Tür ins Schloss fiel, beschloss Kate auch aus ihrem Tag etwas Besonderes zu machen, ließ sich ein entspannendes Schaumbad ein und machte sich anschließend schick zurecht.

Wofür?

Um in die Stadt zu gehen, entschied sie. Seit Ewigkeiten war sie nicht mehr in Ruhe shoppen gewesen!

8

Wie gewohnt stellte sie ihren Wagen unter der Bay Bridge ab, da sie hier umsonst parken konnte und sämtliche Parkplätze in der Innenstadt unbezahlbar waren. Außerdem war es von hier aus nicht allzu weit zur Market Street, der beliebtesten Einkaufsstraße von San Francisco. Wohlwissend hatte sie sich diesmal bequeme Schuhe angezogen.

Sie überlegte, in welche Geschäfte sie gehen wollte und musste zugeben, dass sie nicht wirklich irgendetwas Neues brauchte. Ihr begehbarer Kleiderschrank war hoffnungslos überladen und auch Schuhe hatte sie mehr als genug.

Irgendetwas wird sich schon finden, dachte sie bemüht gut gelaunt und merkte erst in dem Moment, dass sie automatisch den Weg zu ihrem Büro gelaufen war. Nicht dass sie in die völlig falsche Richtung gelaufen wäre, denn von hier aus führte jede Querstraße zur Market Street, aber nun stand sie schon auf der Fremont Street, fast vor ihrem Bürogebäude.

Da sah sie ihn wieder.
Den Obdachlosen!
Er saß wieder auf der Parkbank nicht unweit von dem großen Gebäudekomplex, in dem sich ihr Unternehmen befand und blickte versonnen vor sich hin, schien einfach zu träumen.

Kurz überlegte Kate, ob sie umdrehen sollte, wusste dann aber auch nicht recht, warum überhaupt und lief bestimmt weiter.

Als sie ihn schon fast passiert hatte und nur aus dem Augenwinkel sah, dass er etwas zu lesen schien, hielt sie plötzlich an und rief ihm zu: „Wo ist denn Ihr komisches Eichhörnchen?"

Was war nur in sie gefahren? Aber jetzt war es zu spät. Der Fremde blickte auf und als er Kate erkannte, lächelte er ihr zu und schien sich wirklich zu freuen, sie zu sehen.

„Ach, Miss, das ist ja eine schöne Überraschung! Ich hatte Sie erst Montag wieder erwartet", rief er ihr erfreut zu. „Was machen Sie denn hier? Wollen Sie Überstunden machen oder haben Sie Mist gebaut bei der Arbeit?"
Irgendwie war seine gute Laune ansteckend und Kate ging ein paar Schritte auf ihn zu.

„Ich will nur ein bisschen bummeln gehen". Unschlüssig blieb sie stehen und wusste nicht, was sie weiter mit dem Obdachlosen reden sollte.
Warum war sie nicht einfach weiter gegangen?

„Schönen Tag noch", sagte sie dann etwas unbeholfen und wandte sich ab, um weiterzugehen.

„Immerhin haben Sie heute ihre Laufschuhe an, das

wird gefährlich“, sagte der Unbekannte nun und fügte dann noch verschmitzt hinzu: „Melden Sie sich, wenn ich tragen helfen soll!“

Als Kate sich ein Stück entfernt hatte, pfiff er ihr noch frech hinterher, was sie schmunzelnd mit einem Kopfschütteln kommentierte.

Der Einkaufsbummel machte Kate Spaß. Obwohl sie nicht viel einkaufte, genoss sie es, mal wieder in aller Ruhe durch die Innenstadt von San Francisco zu schlendern, gemütlich einen Latte Macciato in ihrem Lieblingscafé zu trinken und einfach die Leute zu beobachten. Als sie sich auf den Heimweg machte, schien die Sonne es ihr gleich zu tun und der Himmel verfärbte sich in ein romantisches, fast künstlich wirkendes orange-rot.

Sie lief denselben Weg zurück, den sie gekommen war, obwohl das einen Umweg darstellte und als sie vor ihrem Bürogebäude angekommen war, schaute sie zu der Parkbank hinüber und diese war leer.

Enttäuscht blickte sie auf die Tragetasche in der sich eine warme Mütze und Handschuhe befanden, die sie für den Fremden gekauft hatte. Als sie durch das Kaufhaus Macy`s gelaufen war und die Wintersachen auch noch im Angebot waren, musste sie einfach zuschlagen. Die Vorstellung, dass der Mann die kalten Nächte wahrscheinlich hier draußen verbrachte, ging ihr einfach nicht aus dem Kopf.

Etwas unschlüssig stand sie noch da und überlegte, was sie nun mit ihrem kleinen Geschenk machen sollte, als sie Hank Goblin und die neue Mitarbeiterin Riley Cook aus dem Bürogebäude kommen sah.

Waren sie das wirklich oder halluzinierte sie schon?

Es dämmerte zwar mittlerweile, war aber durchaus noch hell genug, dass sie die beiden noch erkennen konnte.

Warum gehen die zwei an einem Samstagnachmittag zusammen ins Büro? fragte sich Kate und stellte sich automatisch hinter einen Baum, während sie den beiden hinterherblickte. Mit geschärftem Blick beobachtete sie, wie Mr. Goblin und Miss Cook sich angeregt unterhielten und die Straße überquerten. Etwa fünfzig Meter weiter kehrten sie in ein Sushi-Restaurant ein, und zwar nicht nur in irgendein Sushi-Restaurant, sondern in das Beste der ganzen Stadt. Selbst Kate, die die kleinen japanischen Röllchen besonders liebte, hatte es beim Anblick der Preise auf der Speisekarte die Sprache verschlagen. In-Lokal hin oder her.

Allerdings schien Hank keine Kosten zu scheuen und sich der neuen Mitarbeiterin besonders intensiv zu widmen.

Empört rümpfte Kate die Nase. Irgendetwas war hier doch faul und sie beschloss, die neue Kollegin genau im Auge zu behalten.

Kate wusste nicht, wie lange sie auf die Eingangstüre des Lokals gestarrt hatte, als sie die ihr schon bekannte Stimme vernahm: „Hey Miss. Worauf warten Sie denn? Auf den Weihnachtsmann?“

“

Ertappt wirbelte Kate herum und ärgerte sich selbst über ihre Schreckhaftigkeit. Die aufkommende Empörung schluckte sie schnell hinunter und gab sich einen Ruck, ihren Plan, ihre gute Tat an diesem Tag, zu vollbringen.

Etwas beklommen trat sie vor den Obdachlosen und sagte, während sie in ihrer Einkaufstüte wühlte: „Ich habe Ihnen etwas mitgebracht von meiner Shoppingtour“ und wirkte auf einmal etwas verlegen.

Als sie ihm kurz darauf die Wollmütze und die Handschuhe entgegenstreckte, blickte er sie erst verständnislos, dann überrascht und schließlich glücklich an.

„Das ist ja wirklich wie Weihnachten“, rief er begeistert und probierte die neuen Sachen an. „Vielen Dank, Miss…!“, und während er aufstand, um ihr die Hand zu schütteln, wollte er wissen: „Wie heißen Sie eigentlich? Wir haben uns noch gar nicht vorgestellt…“

Kate war automatisch einen Schritt zurückgewichen, zu viel Kontakt wollte sie nun doch nicht mit dem Landstreicher haben.

Dieser hatte ihre Geste bemerkt und fühlte sich einer Erklärung schuldig: „Ich habe mir gerade bei McDonalds die Hände gewaschen und nicht alle Obdachlosen sind dreckig, müssen Sie wissen. Viele duschen sogar fast jeden Tag in den öffentlichen Einrichtungen. Ich zumindest!“, fügte er etwas gekränkt hinzu und Kate reichte ihm nun doch ihre Hand.

„Kate Hunter“, stellte sie sich vor und blickte in seine

strahlenden Augen. Auch seine Sprache war nicht, wie sie es sich von einem Landstreicher vorgestellt hatte. Zwar war ihr Umgang mit Obdachlosen bisher eher begrenzt gewesen, aber irgendwie hatte sie ein anderes Bild von dieser Menschengruppe.

„Pete Kidwell", gab er übertrieben förmlich zurück und deutete eine Verbeugung und einen Handkuss an.

Lachend fügte er noch hinzu: „Passt doch: Pete, der Penner. Finden Sie nicht, Mrs. Hunter?"

Kate lachte ebenfalls, aber eher aus Höflichkeit, denn sie konnte auch Traurigkeit in seinen Augen sehen bei diesen Worten.

„Nennen Sie mich doch einfach Kate", sagte sie dann zu ihrer eigenen Überraschung.

9

Wieder zuhause angekommen, sah sie Lucy schluchzend auf der Couch im Wohnzimmer sitzen und ließ sofort ihre Tragtaschen fallen, um zu ihr zu eilen.

„Was ist denn passiert, Schatz?“, fragte sie während sie sich neben ihre Tochter setzte und sie in den Arm nahm, was diese einfach geschehen ließ und Kate hierauf das furchtbare Ausmaß der Katastrophe erahnen konnte. Lucy musste es richtig schlecht gehen, dass sie das geschehen ließ.

„Warum bist du nicht bei Hannah? Ist etwas passiert? Bist du verletzt?“, sprudelten die Fragen nur so aus der besorgten Mutter heraus, als sie sich besann, dass Lucy schon immer etwas Zeit gebraucht hatte.

Zeit, um zu vertrauen und um aus sich heraus gehen zu können. Noch mehr Zeit benötigte sie dann, um ihre Gedanken zu sortieren und alles in Worte fassen zu können.

Also wartete Kate einfach ab, hielt ihr Kind im Arm und schunkelte sie leicht hin-und her, wie sie es immer getan hatte, als Lucy noch ein Kleinkind gewesen war.

Zögernd fing Lucy an zu sprechen und Kate hörte ihr geduldig zu.

Bald fanden die Worte immer schneller ihren Weg und Lucy redete sich ihren ganzen Kummer von der Seele, den sie wohl schon länger auf dem Herzen hatte.

„Es geht um Charlie, meinen Freund“, fing sie mit tränenerstickter Stimme an zu erzählen und Kate glaubte ihren Ohren nicht zu trauen.

Freund? Seit wann hatte Lucy einen Freund? Warum wusste sie nichts davon? Wusste Greg das etwa? Sie war doch noch ein Kind? Gerade noch im Kindergarten gewesen! Gestern hielt sie noch die Schultüte zur Einschulung in der Hand. Freund? Oh Gott, schoss es Kate weiter durch den Kopf, *war sie ausreichend aufgeklärt? Nahm sie die Pille? Würde sie in ein paar Monaten schon Großmutter sein?*

Als sie sich dann wieder auf Lucys Worte konzentrierte, beruhigte sie sich gleich wieder etwas. Das Ganze schien einen noch recht verspielten Charakter zu haben.

„…alle hatten sich gleich gegen Charlie gestellt“, berichtete ihre Tochter gerade, als sie innehielt, um sich die Nase zu putzen.

Charlie war neu in der Klasse.

Sie versuchte, sich voll und ganz auf die Worte ihrer Tochter zu konzentrieren und keine Zwischenfragen zu stellen.

„Aber ich fand ihn gleich irgendwie interessant, obwohl er nicht so cool tut wie all die anderen Jungs in meiner Klasse und auf der ganzen Schule.“ Wieder schnäuzte sie sich ordentlich die Nase.

„Er ist in der Theater AG und spielt Geige, allein deshalb machen sich viele über ihn lustig.“

Kein Wunder, dachte Kate, hielt aber ihren Mund und reichte ihrer Tochter ein frisches Taschentuch.

„Viele sagen er sei schwul…aber das ist er nicht Mama, ich weiß es ja!“

Was heißt „ich weiß es ja…“

Lucy blickte sie an und schien ihre Gedanken zu lesen.

„Ich weiß es einfach, Mama! Keine Angst, wir hatten noch keinen Sex!“

Zum ersten Mal während dieses aufreibenden Gespräches konnte Kate sich entspannen.

„Besonders hübsch ist er allerdings auch nicht.“ Wieder ein Schnäuzen. „Ich finde ihn aber total interessant. Er hat super schöne Augen und ist einfach wahnsinnig nett. Besonders groß ist er auch nicht…“, Lucys Stimmer wurde immer leiser.

Na, toll, meine Tochter hat sich in eine kleine, hässliche Schwuchtel verliebt, schoss es Kate durch den Kopf und beschloss, dass nun die Zeit gekommen war, wo sie vorsichtig ein paar Fragen stellen dufte.

„Ja, aber mag er dich denn?“, fragte die zaghaft.

„Total! Wir sind beide völlig in einander verliebt!“

Das war eine Aussage!

„Aber dann ist doch alles wunderbar? Wo liegt überhaupt das Problem?“

„Das Problem ist…“, Lucy holte tief Luft, „dass

wirklich niemand ihn mag.
Eben bei der Party von Hannah haben alle Mädchen sich lustig über ihn gemacht." Taschentuch. „Und Hannah hat mich dann ernsthaft vor allen anderen vor die Wahl gestellt: Meine Freundinnen oder Charlie. Ich hätte fünf Minuten Zeit, mich zu entscheiden! Da habe ich kurzerhand meine Sachen gepackt und bin gegangen."

Nun heulte sie wieder wie zu Anfang und Kate tat es im Herzen weh, ihre Tochter so leiden zu sehen.

Sie hatte Liebeskummer und all ihre Freundinnen hatten sich von ihr abgewandt, das war schon ein hartes Los in diesem Alter!
Kate überlegte kurz.

„Wo ist denn dein Charlie jetzt?", fragte sie daraufhin.

„Keine Ahnung, bestimmt zuhause, er hat morgen einen Auftritt."
Kate blickte auf die Uhr. Der Abend war noch jung.

„Dann ruf ihn doch an und frag ihn, ob er nicht vorbei kommen möchte. Dann lerne ich ihn kennen und wir können einen Filmabend machen!"
Lucy blickte sie entgeistert an.

„Das würdest du echt machen?", fragte sie und umarmte sogleich ihre Mutter und sprang auf.

„Du bist die beste Mama auf der Welt!", rief sie und schnappte sich ihr Handy.

Das war ja wohl das normalste, was eine Mutter machen konnte, sie haderte allerdings noch mit sich, ob sie nicht die schnöselige Hannah anrufen sollte, um sie zusammenzustauchen, aber das wäre Lucy bestimmt nicht recht gewesen.

So kam es, dass Kate ihren Samstagabend mit Lucy und dem wirklich etwas mickrig geratenen, aber durchaus witzigen Charlie verbrachte, der in der Tat eine besondere Ausstrahlung hatte.

Kate konnte ihre Tochter verstehen.

Warum immer auf den Standard-Sunnyboy stehen? Oder den Supercoolsten der Schule?

Was Charlie vermittelte war Humor, Geist und Gefühl und er war wirklich irgendwie etwas Besonderes.

Wir haben was gemeinsam, dachte Kate, während sie Pete vor sich sah.

Naja, das kann man wohl doch nicht so vergleichen. Wir verfügten nur beide gleichermaßen über das Helfer-Gen, entschuldigte sie sogleich ihren Gedanken.

Etwas später am Abend zogen sich Lucy und Charlie auf ihr Zimmer zurück, was Kate mit leichter Panik beobachtete und überlegte, ob sie ihnen vielleicht einen Kondom unter der Tür durchschieben sollte.

Nicht dass sie lauschen würde, aber als sie hörte, wie Charlie ihr etwas auf der Gitarre vorspielte, war sie wieder beruhigt.

Oder konnte man Gitarre spielen und sich gleichzeitig näher kommen? fragte sie sich sogleich, beschloss aber, dass die beiden noch lange nicht so weit waren.

Gerade als Kate sich ihrem neuen Roman widmen wollte, kamen Greg und ihre Nachbarn gut gelaunt von ihrem erfolgreichen Golfturnier zurück.

Endlich konnte Kate Amanda von ihrer gelungenen

Präsentation am vorherigen Tag berichten.
Amanda freute sich aufrichtig für sie und beschloss, dass dies der perfekte Anlass dafür sei, eine Flasche Champagner zu köpfen.

„Das muss gefeiert werden!“, rief sie aus. „Dave, geh doch schnell rüber und hol den Schampus aus unserem Kühlschrank. Ja, Schatz?“

Und schon wackelte dieser los. Wer in der Beziehung die Hosen anhatte, war offensichtlich.

Amanda hatte einfach eine zwar sehr dominante, aber auf ihre Weise auch entzückende und mitreißende Art, mit der sie jeden um den Finger wickelte.

So auch Kate und Greg vor gut drei Jahren, als sie dieses Anwesen kauften und Amanda ihre Immobilienmaklerin gewesen war.

Amanda machte ihren Job gut, war nicht ganz so aufdringlich wie andere Makler, aber durchaus bestimmt. Kate und Greg fraßen ihr jedenfalls bald aus der Hand und Amanda pokerte für sie einen, für den damaligen Immobilienmarkt, sensationellen Preis heraus.

Greg, der auch in dieser Branche tätig war, wusste ihre gute Arbeit zu schätzen und Kate fand sie auf Anhieb sympathisch, so dass sich gleich eine Freundschaft daraus entwickelte.

Obwohl Amanda gut fünfzehn Jahre jünger war und mit Familienleben nicht viel am Hut hatte, verband die beiden Frauen etwas.

Zumindest war Kate froh, eine so gute Freundin in der direkten Nachbarschaft zu haben.

Gerade kam Dave wieder zur Tür herein und hielt feierlich eine Flasche Veuve Clicquot in die Höhe, was die anderen mit Jubeln kommentierten.

Bei ihren Nachbarn stand immer eine gekühlte Flasche des guten Tropfens bereit, im Falle eines unterschriebenen Verkaufsvertrag, einem erfolgreichen Golfturnier oder sonstigen Anlässen von minderer Bedeutung.

Kurz darauf saßen die beiden Ehepaare im Wohnzimmer, unterhielten sich angeregt, köpften bald die nächste Flasche und es wurde ein sehr amüsanter Abend.

Die beiden Ehepaare verstanden sich immer bestens, es entstand eine ungezwungene Atmosphäre, wie Kate fand. Nicht so wie bei Zusammentreffen mit anderen Nachbarn, die eher gekünstelt wirkten und man froh war, wenn man wieder nach Hause gehen konnte.

Bei Amanda und Dave hatte Kate das Gefühl, dass sie etwas verband, sei es das Golfspielen der Männer, der gleiche Beruf von Amanda und Greg oder einfach die Sympathie, die die Frauen füreinander empfanden, obwohl sie sehr unterschiedlich waren.

Kate fühlte sich einfach wohl in ihrer Gegenwart und hatte das Gefühl sich auf sie verlassen zu können.

Gegen zehn Uhr betrat Charlie den Raum und verabschiedete sich schüchtern von den Anwesenden. Nachdem die Haustüre hinter ihm ins Schloss gefallen war, setzte Amanda sofort zum Lästern an und fragte: „Wie alt ist der denn? Sieht aus wie zwölf und ist ja einen

Kopf kleiner als Lucy…“

Kate deutete ihr an, die Klappe zu halten, da sie befürchtete, Lucy könnte es hören.

Nicht zum ersten Mal musste sie feststellen, dass ihre Freundin recht oberflächlich und irgendwie einfältig war.

„Charlie ist total nett und ein sehr begabter Junge“, gab Kate eine Spur zu unfreundlich in die Runde.

Ihre Wut über Amandas Kommentar war ihr anzumerken und auf einmal hatte sie gar keine Lust mehr, mit ihnen weiter zu feiern.

Kurzerhand behauptete sie, sie wolle noch einmal nach Lucy schauen und verschwand.

Als sie Lucys Zimmer betrat, konnte sie ihrer Tochter ansehen, dass diese glücklich war.

Lucy war wirklich verliebt. Verliebt bis über beide Ohren. Der Anblick ihrer von Amors Pfeilen getroffenen Tochter rührte Kate. Als diese sie mit glühenden Wangen und leuchtenden Augen anblickte, erinnerte sich Kate wieder gut an die Zeit, als sie selbst das erste Mal verliebt gewesen war. Für Kate war es damals zwar eine recht kurze und unglückliche Romanze gewesen, da sie sich in einen weitaus älteren und auch noch verheirateten Mann verliebte, der sie nach ein paar Wochen fallen ließ wie eine heiße Kartoffel.

Aber wie sagte man: Die erste Liebe vergisst man nie! Und das stimmte leider.

Auch der erste Herzschmerz war meist der schlimmste und ihr graute jetzt schon davor, dass ihre Tochter auch

das irgendwann durchmachen musste.
Im Moment war Lucy allerdings der glücklichste Mensch auf der Welt, denn es gab wirklich nichts Schöneres als verliebt zu sein.

Sie nahm ihre Tochter in den Arm und lange hielten sie einander nur fest. Dann blickte Lucy sie an und sagte: „Danke, Mama!“

Eins stand fest: Irgendetwas Magisches war in der Beziehung zwischen Tochter und Mutter heute geschehen. Keiner sprach es aus, aber beiden war klar, dass von diesem Tag an etwas anders war. Sie waren wieder vereint und würden zusammenhalten, egal was kommen würde.

10

Der Sonntagmorgen fing genauso gut an, wie der Samstagabend geendet hatte. Kate und Lucy machten gemeinsam Frühstück und ließen Greg ausschlafen, der mit Amanda und Dave noch länger weitergefeiert haben musste, nachdem Kate sich verdrückt hatte.

Lucy plapperte wie ein Wasserfall, schimpfte über ihre Freundinnen, schwärmte von Charlie, erzählte von der Schule und über Gott und die Welt. Kate war entzückt und fast kam es ihr so vor, als hätten sie sich wirklich seit Jahren nicht mehr richtig ausgetauscht.

Den Tag verbrachten sie gemütlich zuhause, kochten gemeinsam und machten etwas Gartenarbeit. Abends kam Charlie wieder zu Besuch und nun konnte ihn auch Greg richtig kennen lernen, der sich nur positiv über ihn äußerte und wohl auch nichts anderes gewagt hätte nach Kates Wutausbruch am vorherigen Tag.

Als Kate sich an diesem Abend im Bett glücklich an Greg kuschelte, erschien ihr alles geradezu perfekt. Plötzlich hatte sie das Verlangen mit Greg zu schlafen.

Wie lange hatten sie schon keinen Sex mehr gehabt? Zwei Wochen? Oder etwa länger?

Sie schmiegte sich enger an ihn, streifte offensichtlich ihr Höschen ab und fing an seinen Hals zu küssen. Da konnte er meistens nicht widerstehen.

Greg, der gerade ein Sportmagazin las, nahm sie in den Arm und küsste sie auf die Stirn. Eher freundschaftlich, als leidenschaftlich, wie es ihr vorkam.

Seine folgenden Worte bestätigten dies: „Was steht denn bei dir morgen im Büro so an?“, fragte er allen Ernstes in dieser Situation, die gerade höchst erotisch hätte werden können.

Kate konnte es nicht fassen. Anstatt über sie herzufallen, erkundigte er sich nach ihrer Arbeit.

Sollte das ein Witz sein? Das interessierte ihn doch sonst auch nicht und war ja wohl das Abturnendste überhaupt. Seufzend ließ sich Kate in ihr Kissen fallen, wollte sich aber nichts von ihrer Enttäuschung anmerken lassen. Sie war ohnehin schon so zickig gewesen die letzten Tage, vielleicht hatte Greg auch deshalb keine Lust.

Also erzählte sie ihm von dem Meeting mit dem neuen Kunden am nächsten Tag und wie sehr sie auf einem erfolgreichen Abschluss hoffte. Natürlich wünschte sie, dass sich der Kunde für einen ihrer Werbevorschläge entscheiden würde, denn das hatte direkten Einfluss auf ihren Bonus.

Irgendetwas hielt sie zurück, von ihren Plänen von Hawaii zu berichten. Wahrscheinlich wollte sie sich erst einmal sicher sein, dass der Deal unter Dach und Fach war, auch um sich selbst noch nicht so sehr darauf zu freuen. Sie würde die Flüge erst buchen, wenn der Vertrag unterschrieben auf ihrem Schreibtisch lag.

11

Gerade hatte Kate ihren Wagen wieder unter der Bay Bridge abgestellt und bereitete sich mental auf den kommenden Tag vor, als ihr auffiel, dass dies der erste harmonische Montagmorgen seit langem, wahrscheinlich Monaten, gewesen war. In Gedanken ging sie ihre Vorschläge für den Kunden noch einmal durch, während sie sich auf den Weg zum Büro machte. Plötzlich sah sie Petes elektrisches Eichhörnchen, das gerade aus einem Busch geschossen kam und einem Businessmann, der etwa fünfzig Meter vor ihr lief, vor die Füße sauste. Dieser schreckte zurück und blickte dann verwirrt dem haarigen Wesen hinterher, das wieder unter dem Busch verschwand, aus dem es gekommen war. Während er weiter Richtung Arbeitsplatz hetzte, schaute er sich fragend um, offensichtlich nach einer Erklärung für den Vorfall suchend.

Kate hatte Pete bereits auf seiner Bank erblickt, der sich diesmal nicht als Besitzer des rollenden Eichhörnchens outete. Sie hätte sich kringeln können vor

Lachen. Warum hatte sie dies das letzte Mal nicht lustig gefunden? Petes Streich war köstlich!

Auch er hatte Kate in diesem Moment erblickt und winkte ihr zu. Beim Näherkommen, erkannte sie, dass er sowohl die warme Mütze als auch die Handschuhe trug und freute sich, dass ihm ihr Geschenk zu gefallen schien.

„Du hast wohl nichts Besseres zu tun, was?“, zog sie ihn auf, als sie nur noch ein paar Schritte von seiner Parkbank entfernt war.

„Habe noch etwas Zeit, bevor ich ins Büro muss“, konterte dieser gut und Kate merkte, dass sie sich regelrecht freute, ihn zu sehen. Er hatte so eine erfrischende Art, die sie stets aufheiterte.

„Ich habe etwas für dich“; sprach Pete nun weiter und wirkte etwas verlegen, als er ihr eine Rolle aus Papier überreichte. „Als Dankeschön für die Mütze und die Handschuhe, die sind echt Klasse!“

„Das wäre doch nicht nötig gewesen“, begann Kate gerade, als sie dann jedoch das Bild erblickte, das er für sie gemalt hatte, verschlug es ihr schlichtweg die Sprache und sie verstummte.

Es war keine einfache Zeichnung, es war ein Kunstwerk von unfassbarer Schönheit. Als Kate immer noch sprachlos dastand und auf die Zeichnung starrte, begann Pete leise zu erklären: „Das ist das Erste, was ich seit langer Zeit wieder gemalt habe.“ Während er diese Worte aussprach, hielt er entschuldigend seine Hände hoch. „Hatte eine Verletzung und konnte lange gar nicht malen“, sagte er nun, da er anscheinend dachte, es würde

Kate nicht gefallen.
Diese blickte ihm in die Augen und sagte nur: „Es ist wunderschön, Pete. Wirklich wunderschön!“

Kate spürte, wie ihr Tränen in die Augen schossen und sie blinzelte schnell, um dies zu unterdrücken. Auf der Zeichnung, die Pete mit Blei- und Buntstiften angefertigt hatte, erkannte sie einen ihrer Lieblingsplätze dieser Stadt: Den Baker Beach, der direkt an den Golden Gate Park anschloss und von dem aus man einen einzigartigen Blick auf die Golden Gate Bridge hatte. Kate liebte diesen Strand, war aber schon viel zu lange nicht mehr dort gewesen. Als hätte er dies gewusst…

„Ich war gestern bei Sonnenaufgang dort“, bemerkte Pete, dem die Stille wohl etwas unangenehm war. Kate hatte sofort erkannt, dass die Zeichnung bei Morgengrauen gemalt worden war. Strand, Meer, Himmel und die imposante Hängebrücke waren in ein romantisches rosa-orange getaucht, wie es nur zu Sonnenaufgang entstand.

Kate war hingerissen. Wie konnte jemand auf der Straße sitzen, der so unglaublich gut zeichnen konnte?

Pete schien ihre Gedanken zu lesen, zuckte mit den Schultern und sagte leichthin: „ Auch ich hatte mal ein anderes Leben und habe mich in einem dieser Gebäude da drüben bucklig geschuftet“, sagte er etwas verbittert mit einem Kopfnicken Richtung Fremont Street. „Bringt alles nichts. Wenn einem was passiert, fängt einen keiner auf. Dann ist man am Arsch.“

Nicht recht wissend, was sie sagen sollte, trat Kate von

einem Fuß auf den anderen und hätte so gerne etwas Schlaues gesagt, aber Petes Worte machten sie einfach sprachlos.

„Das tut mir leid…“, begann sie gerade, als Pete sie schon wieder besser gelaunt unterbrach: „Ach, alles halb so wild. Ich lebe ja noch und bald wird es wieder bergauf gehen, da bin ich mir sicher. Man kann ja nicht sein ganzes Leben lang Pech haben“, und schon lächelte er sie wieder an.

„Kate, ich glaube, du musst los“, sagte er dann und zeigte auf die große Uhr an einem Kaufhaus.

„Oh, Mist, stimmt. Wir sehen uns später.“

„Gut“, gab Pete zufrieden von sich und fügte dann noch zu ihrer Überraschung hinzu: „Solltest du heute wieder einen wichtigen Termin haben, zieh dein Ass erst ganz zum Schluss aus der Tasche!“

„Okay“, erwiderte Kate, die schon ein paar Schritte gelaufen war. „Bis später.“

Weiterhin war sie irritiert, dass er solch ein Talent hatte und ihr auch noch Tipps zu ihrem Job gab.

12

In ihrem Büro angekommen, machte sie den Computer an und öffnete die Google-Webpage. Als sie „Pete Kidwell“ eingab, kamen nur ein paar Treffer, die nicht besonders aufschlussreich waren. Unter „Peter Kidwell“ hingegen, gab es eine ganze Liste mit über einhundert erfolgreichen Treffern.

Nachdem Kate die ersten drei Links angeklickt hatte, starrte sie sprachlos auf ihren Bildschirm. Pete schien noch bis vor gar nicht allzu langer Zeit in der Führungsriege einer bekannten Werbeagentur gewesen zu sein. Kate bildete sich zumindest ein, den Namen der Firma schon ein paar Mal gehört zu haben. Sie überflog drei Zeitungsberichte, welche das Unternehmen, das Pete geleitet hatte, in den Himmel lobten und gute Zukunftsaussichten für das Start-up Unternehmen versprachen.

Wie konnte das sein?

Was war in der Zwischenzeit passiert?

Sie nahm sich vor, ihn heute Abend offen und ehrlich

danach zu fragen. Er schien kein Geheimnis aus seinem Leben zu machen, wahrscheinlich hätte er es ihr auch eben erzählt, wenn sie mehr Zeit gehabt hätte.

Immer mehr las sie über Pete, den sie wesentlich älter geschätzt hatte. Sie hatte gedacht, er sei etwa ihr Alter oder sogar etwas älter, allerdings konnte man das mit dem Vollbart und Kappe -oder jetzt Mütze- schwer sagen. Wenn sie richtig rechnete und die Angaben im Internet korrekt waren, war er gute zehn Jahre jünger als sie. Gerade starrte sie auf ein Bild von ihm aus besseren Zeiten, auf dem er verdammt gut aussah und stellte erschrocken fest, dass es schon kurz vor 10 Uhr war.

Das Meeting!

Schnell zupfte sie ihren Hosenanzug zurecht, nahm noch einen großen Schluck Kaffee und machte sich auf den Weg zum Besprechungsraum. Dieses Meeting fand in einem kleineren Raum statt als das letzte Mal, da das Treffen nur mit den beiden Geschäftsführern des Internethändlers, Hank Goblin und ihr stattfinden sollte. So war es zumindest geplant.

Als sie jedoch den kleinen, aber feinen Konferenzraum betrat, saßen dort schon Hank Goblin und Riley Cook.

Kate glaubte, ihren Augen nicht zu trauen. In einem Zeichentrickfilm wären ihr diese jetzt wie Stielaugen aus dem Kopf getreten.

Hank wirkte gelassen und keiner Erklärung schuldig. Dafür wäre auch keine Zeit gewesen, denn direkt hinter ihr betraten bereits die beiden Verhandlungspartner den Konferenzraum.

Wahrscheinlich hatte Goblin auch gar keine Erklärungsnot gesehen, da er ja bereits erwähnt hatte, dass Mrs. Cook von nun an bei ihrem Team dabei sein würde.

Na warte, mein Freundchen. Nicht mit mir, dachte Kate, während sie indes alle Anwesenden würdevoll anlächelte wie die Queen persönlich. Unsicherheit vertuschte man am besten mit leichter Überheblichkeit oder Arroganz. Das kam zwar nicht immer so gut an, aber immer noch besser, als jetzt ihr wahres Gesicht zu zeigen und Goblin vor den Kunden zur Schnecke zu machen: „Was soll denn der Mist, Hank? Machst Du Witze und bringst dieses junge Püppchen, die gerade erst seit einem Tag in unserer Firma ist, in eine unserer wichtigsten Verhandlungen?“

Das hätte sie gerne gesagt! In ihrem Kopf spielte sich ein Film ab, bei dem sie Goblin noch ein Glas Wasser ins Gesicht schüttete. Herrlich!

„Mrs. Hunter?“

Oh Gott, wieder war sie so abwesend! Und wieder erfasste eine Hitzewelle nach der anderen ihren Körper.

Der Kunde hatte sie nach ihren Vorschlägen gefragt.

Mit betonter Gelassenheit, die ihre Professionalität unterstreichen sollten, zog sie die Entwürfe die sie eigens für diesen Kunden angefertigt hatte, aus einem Umschlag und breitete diese auf dem Tisch aus.

Zustimmendes Lächeln hier und da, anerkennendes Kopfnicken allerseits. Kate war zufrieden!

Was darauf passierte, nahm sie wieder mit äußerlichem

Pokerface, aber innerlicher Unfassbarkeit wahr.

Hank Goblin faselte etwas von „Projekt abrunden“, „Vorschläge vervollständigen“ und zog einige weitere Unterlagen aus dem Ärmel, die Kate noch nie gesehen hatte, die aber den ihren bis auf winzigste Details ähnelten. Hier und da war der Schriftzug etwas anders, die Farben, die Schattierungen, aber im Grunde waren es die gleichen Bilder, das gleiche Konzept, die gleiche Idee wie ihre Vorschläge! Wo hatte er diese bloß her?

Hank stellte diese als Werke von Mrs. Cook vor und schämte sich dabei noch nicht einmal.

In Kates Inneren begann es zu brodeln, Wut machte sich breit und drohte sich vulkanartig zu entladen. Die folgenden Worte von Goblin schienen das Fass zum noch Überlaufen zu bringen.

„Wenn ich nun die Damen bitten darf, uns Männer allein zu lassen, damit wir die Vertragsdetails besprechen können“, sagte er allen Ernstes und blickte beide Frauen auffordernd an.

Eine Aufforderung, den Raum zu verlassen!

Kate konnte es nicht fassen, schnappte sich ihre Handtasche, zwang sich noch ein Lächeln für den Kunden ab und verließ den Raum.

Was hätte sie sonst tun sollen? Vor dem Kunden einen Aufstand machen? Dann wäre wohl alles in die Hose gegangen. Ihr Bonus auf jeden Fall und ihr Job wahrscheinlich auch.

Wütend stapfte sie direkt zu den Toiletten, um sich abzukühlen und etwas frisch zu machen.

Als sie zurückkam, stand Riley etwas unbeholfen vor der Tür zum Konferenzraum und man konnte ihr ansehen, dass ihr die Situation unangenehm war. Das Ganze war bestimmt Hanks Idee gewesen, dessen war sich Kate sicher.

Sie hatte allerdings nicht die geringste Lust, sich nun neben Riley Cook zu stellen, wie bestellt und nicht abgeholt und darauf zu warten, bis die gnädigen Herren sich dazu entschlossen, den Raum zu verlassen.

Schnurstracks ging sie in ihr Büro, murmelte halblaut „Macho-Arschloch“ vor sich hin und hätte liebend gerne die Türe hinter sich zugeknallt, wie es Lucy immer zuhause tat.

Zu blöd, dass sie in einem Großraumbüro arbeitete. Zwar in einem sehr schicken, aber Großraumbüro blieb eben Großraumbüro: Ein großer, turnhallenartiger Raum mit vielen beengenden, kleinen Behausungen, in denen sich die Mitarbeiter den ganzen Tag über rumdrückten. Den Angestellten in höheren Positionen war natürlich ein Fensterplatz garantiert und schätzungsweise auch ein halber Quadratmeter mehr Platz, aber wenn Kate ein lautes Geräusch von sich gab, hörte dies auch der Postverteiler am anderen Ende des Raumes.

Manchmal stellte sich Kate solche Dinge vor. Was sie in ihrem „Cubical“ anstellen könnte, um die anderen zu verwirren. Lautes Schnarchen etwa, ein saftiger Pfurz oder, noch besser, hemmungsloser Telefonsex.

Mit solchen Gedanken heiterte sie sich teilweise die tristen Stunden auf. Wobei es davon nicht sehr viele gab, musste sie sich eingestehen, ihr Job war durchaus sehr abwechslungsreich. Ihr war ja sogar ein „Corner Office" oder besser „Corner Cubical" vergönnt, was aber in einem Großraumbüro nicht wirklich einen Unterschied machte.

Irgendwie ahnte sie es bereits, als etwa dreißig Minuten später Hank Goblin in ihr Büro kam und ihr verkündete, dass sich der Kunde für einen von Riley Cooks Vorschlägen entschieden hatte.

Adios Bonus, dachte Kate nur und hätte Goblin ins Gesicht springen können.

Unfähig etwas zu sagen, da ihr Kommentar bestimmt unter der Gürtellinie gewesen wäre, schwieg sie, funkelte ihren Chef nur böse an und merkte, wie ihr das Blut in den Kopf schoss.

Goblin beugte sich ein Stück vor und blickte sie mit gespielter Besorgnis an: „Kate, du siehst aber gar nicht gut aus. Das ist mir schon die letzten Tage aufgefallen!" Während er weiter sprach, wandte er sich bereits um, um den Raum wieder zu verlassen.

„Nimm dir mal ein paar Tage frei und erhol dich von den ganzen Strapazen!", sagte er dann und war so schnell aus ihrem Kasten-Büro wieder verschwunden, wie er erschienen war.

Freinehmen? Ich? dachte Kate und konnte sich nicht daran erinnern, wann sie sich das letzte Mal frei genommen hatte oder krank gewesen war.

Gut, wenn er es so will, soll es mir gerade recht sein, beschloss sie, schaltete ihren Computer aus und verließ ihr grauenhaftes Schachtel-Büro.

Ohne sich von irgendjemand zu verabschieden, verließ sie fluchtartig das Bürogebäude und knallte nun doch die Eingangstüre hinter sich zu, dass die Scheiben ordentlich wackelten.

13

Völlig ermattet fühlte sie sich, als sie auf der Straße unten ankam. Langsam schlug sie die Richtung zum Parkplatz ein und hatte in diesem Augenblick Pete vollkommen vergessen, als sie ihn rufen hörte: „Ach du meine Güte, was ist denn mit dir los?“

Sie ging zu ihm hinüber und ließ sich wortlos neben ihn auf die Parkbank fallen und stöhnte.

„Kate?“, fragte er nun vorsichtig, „Ist alles klar?“

„Nichts ist klar! Alles ist riesengroßer Mist!“

Nun wartete Pete geduldig, bis sie weitererzählte.

„Heute war die letzte Besprechung mit einem wichtigen Kunden. Alles schien schon geritzt zu sein, meine Entwürfe für die Werbekampagne waren klasse. Dann hat jedoch mein Chef in letzter Minute einen „eigenen“ Vorschlag auf den Tisch geknallt, den er nur von mir kopiert hat. Für den haben sie sich natürlich entschieden.“ Kate holte tief Luft. Sie war noch nicht fertig.

„Noch widerlicher ist allerdings, dass er das nur tut,

um sich bei einer neuen Mitarbeiterin, die erst seit Freitag im Büro ist und seine Tochter sein könnte, einschleimen will." Hierauf gab sie ein wütendes Schnaufen von sich. „Mein Bonus ist damit hin. So eine Scheiße!"

Pete konnte spüren, wie aufgebracht sie war und wusste nicht recht, was er sagen sollte. Er konnte ihre Empörung nur zu gut nachvollziehen.

„Und warum bist du jetzt schon hier? Wolltest du gerade nach Hause gehen?"

„Ja, Goblin meinte, ich sehe schlecht aus und solle mich mal erholen. Ich habe richtig das Gefühl, dass er mich aus dem Büro ekeln will." Nun war sie fast den Tränen nahe. „Was soll ich denn nur machen?", fragte sie aufgelöst.

„Wie wäre es erstmal mit einem Kaffee?", schlug Pete aufmunternd vor und deutete auf die andere Straßenseite, wo es ein gemütliches Café gab.

„Einverstanden", erwiderte Kate matt und blickte Pete zum ersten Mal richtig an. Er sah gut aus an diesem Morgen, hatte sich rasiert und relativ gut gekleidet war er ja schon vorher gewesen, im Vergleich zu den anderen Obdachlosen. Zwar war es noch kein Vergleich zu seinem Aussehen von früher, was sie dank des Internets herausgefunden hatte, aber er sah irgendwie nicht mehr so schmuddelig aus, wie an den Tagen zuvor.

„Darf isch Sie nach Fronkreisch entführen, Madame?", fragte er nun und Kate musste zum ersten Mal an diesem Morgen lachen.
Tatsächlich fühlte man sich in dem Café auf der

gegenüber liegenden Straßenseite wie in einem kleinen Urlaub in Frankreich. Es hatte den wohlklingenden Namen „La Boulangerie“ und machte diesem alle Ehre mit den besten Croissants, Backwaren und Törtchen der ganzen Stadt.

Fast musste Kate lachen bei der Vorstellung, dass man ihr das vor nur drei Tagen erzählt hätte. Dass sie mit dem Obdachlosen, dem Penner Pete, gemütlich in einem Café zusammensitzt und so richtig ihr Herz ausschütten kann über ihren Job, wie bei einem guten, alten Freund.

Dieses Gefühl vermittelte er ihr, obwohl sie ihn kaum kannte. Pete war definitiv ein guter Zuhörer und stellte nur selten Zwischenfragen, die aber zeigten, dass er Ahnung von der Materie hatte und sehr intelligent war.

Nachdem Kate sich ihren ganzen Frust von der Seele geredet hatte, und dabei feststellen musste, dass sie doch einiges an ihrem momentanen Job nervte, blickte sie Pete an und dachte sich, dass nun ein günstiger Zeitpunkt wäre, um ihn nach seiner Vergangenheit zu fragen.

„Pete, ich habe deinen Namen gegoogelt“, begann sie vorsichtig. Als sie dann allerdings in seine aufmerksamen, und -wie sie irritiert feststellte- unglaublich hübschen Augen blickte, gab sie sich einen Ruck und sprach ihre Gedanken geradeso heraus: „Du warst einmal sehr erfolgreich bei der Werbeagentur Benway & Partner. Was ist geschehen, dass du nun auf der Straße sitzt?“

Als eine kurze Pause entstand, fügte sie noch schnell hinzu: „Oder möchtest du lieber nicht darüber reden?“

„Doch natürlich“, sagte er sogleich und legte kurz

seine Hand auf die ihre, als beruhigende Geste. Bei seiner Berührung verspürte Kate ein angenehmes Kribbeln im Bauch, auch wenn diese nur etwa zwei Sekunden gedauert hatte.

„Also einmal muss ich ganz offen sagen, dass ich schon ein paar wilde Jahre hinter mir habe und meine Karriere nur der Tatsache zu verdanken habe, dass ich recht gut zeichnen kann."

„Recht gut? Du hast ein ganz außergewöhnliches Talent!", musste Kate an dieser Stelle einfach einwerfen, verstummte dann aber sogleich und blickte ihn wieder aufmerksam an. Sie wollte seine ganze Geschichte hören. Konnte es kaum abwarten!

„Danke", sagte Pete und berührte wieder kurz ihre Hand. Das Gefühl, das seine Berührungen auslösten, machte sie zugegebenermaßen etwas nervös.

„Dank meines außergewöhnlichen Talents, wie du es nennst, bekam ich ein Stipendium beim CCA, dem California College of Arts hier in San Francisco, das du ja bestimmt kennst."

Hierauf entwich Kate ein anerkennender Pfiff, denn das war eine der angesehensten Kunstakademien in Kalifornien.

„Ich begann mein Studium ehrlich gesagt recht spät, erst mit Anfang Dreißig, da ich davor andere Flausen im Kopf hatte", erzählte er weiter. „Dafür habe ich schon fast die ganze Welt gesehen", bei diesen Worten wich sein Blick in die Ferne und er erinnerte sich bestimmt an irgendein spannendes Erlebnis irgendwo auf diesem

Globus.
Kate nahm einen Schluck von ihrem Kaffee und biss genüsslich in ihr Schokoladencroissant, gespannt auf die Fortsetzung.

„Richtig ehrgeizig oder zielstrebig war ich eigentlich nie, aber ich schloss das Kunststudium mit den besten Noten ab und hatte schon kurz darauf meinen ersten Job bei einer kleinen Werbeagentur. Dort hatte ich wieder Glück und meine Werbeidee wurde von einem der größten Unternehmen mit Kusshand genommen." Gedankenverloren nippte er an seinem Espresso.

„Erinnerst du dich an das sprechende Huhn von Mac Donalds?", fragte er dann.

Kate nickte nur zustimmend, da sie sich gerade ein weiteres Stück Croissant in den Mund gestopft hatte. Natürlich erinnerte sie sich! Das Huhn war damals der totale Hit gewesen und die Werbung wirklich witzig. Lucy hatte sich immer gefreut, wenn sie im Fernsehen oder im Radio kam.

„Dieser eine Werbespot katapultierte mich praktisch über Nacht in den Himmel der Werbewelt. Es war völlig verrückt, aber die Leute rissen sich um mich. Ich bekam unzählige Jobangebote mit horrenden Gehaltszahlungen." Nun lachte er. „Dabei lebte ich zu dieser Zeit noch in meiner WG in einer ziemlich abgewrackten Bude in der Nähe von Chinatown. Nicht einmal ein Auto konnte ich mir zu diesem Zeitpunkt leisten".

Beide schwiegen.

Kate konnte sich die Situation, in der er sich befand,

gut vorstellen. In der Werbebranche ging es sehr schnell, dass man den einen Tag total „in“ und angesagt war und schon am nächsten Tag war man wieder „out“ und eine alte Kamelle, die aufs Abstellgleis gehörte.

„Mit dem plötzlichen Erfolg konnte ich Chaot natürlich nicht umgehen und übertrieb es völlig. Sofort zog ich in eine schicke, aber unbezahlbare Drei-Zimmer-Wohnung in Nob Hill, wo ich schon immer einmal wohnen wollte. Der dickste Wagen musste auch noch her.“ Kurz lachte er auf, es war aber kein fröhliches, eher ein wehmütiges, bitteres Lachen.

„Ich machte unglaubliche Schulden, bevor ich auch nur einen Pfennig verdient hatte. Ich hatte mich für ein kleines Startup-Unternehmen entschieden, eine Werbeagentur, deren Konzept ich super spannend fand. Mal wieder der Abenteurer in mir“, wieder dieses Lachen, das keines war.

„Benway & Partner, du meintest ja, du kennst das Unternehmen. Das Ganze lief sogar über ein Jahr richtig gut, das Unternehmen war erfolgreich und wuchs. An Krankenversicherung oder sonstige soziale Absicherungen war aber natürlich nicht zu denken, wie das so ist in der harten Businesswelt. Ich selbst dachte natürlich auch nicht an so etwas, schließlich lief alles bestens in meinem Leben“

Kurz blickte er ihr in die Augen. Das Kribbeln in ihrem Bauch war diesmal stärker.

„Und dann kam der Tag, der alles veränderte. Ich war auf einem Segelturnier hier in der Bucht von San

Francisco bei ziemlich stürmischer See. Eigentlich hätten sie das Rennen absagen sollen. Es hing auch dicker Nebel über dem Meer an diesem Tag, aber ich dachte, meine Segelkünste wären gut genug. Aber dann passierte es. Bei einem übereilten Wendemanöver, stießen wir mit einem anderen Boot zusammen.“ Eine kurze Pause entstand, in der Pete Luft holte. Kate konnte ihm ansehen, wie schwer es ihm fiel, diese Geschichte zu erzählen, die er wahrscheinlich lieber verdrängte. „Ich weiß nicht genau, wie es passieren konnte“, fand er schließlich wieder seine Worte, „ob ich den Zusammenprall verhindern wollte oder was mir durch den Kopf ging. Jedenfalls wurden meine Hände zwischen den beiden Booten eingeklemmt und wie ein Stück Kreide zermahlen. So hatte es zumindest der Arzt später formuliert“.

Nun zeigte er ihr zum ersten Mal seine Hände richtig, die er mittlerweile gewohnt war, zu verstecken. Plötzlich verstand Kate, warum seine Berührungen nur Sekunden dauerten, er seine Hände meist unter dem Tisch verborgen hielt und warum er an seiner einen Hand immer noch den Handschuh trug, den er nun langsam auszog.

Oh mein Gott, dachte Kate. Seine Hände sahen wirklich furchtbar aus, fast als wäre er Opfer eines Brandunfalls gewesen, so vernarbt waren sie. An seiner rechten Hand, die er zuvor unter dem Handschuh verborgen hatte, fehlten von Zeige-, Mittel- und Ringfinger die obersten Kuppen, was ihr vorher nie aufgefallen war.

Kate konnte nicht anders und nahm seine Hände

liebevoll in die ihren. Was für ein schrecklicher Unfall. Wie es weiterging, konnte sie sich fast denken, wartete aber bis Pete die Kraft hatte, weiterzuerzählen. Immer noch hielt sie seine geschundenen Hände fest.

„Zwölfmal mussten sie mich operieren, fast ein Jahr war ich immer wieder im Krankenhaus. Tja, und dann stell dir das mal ohne Krankenversicherung vor. Ich muss wahrscheinlich die nächsten zehn Jahre diese Kosten abbezahlen. Wenn ich Geld hätte“, fügte er noch hinzu.

„Manchmal denke ich, ich will gar keinen Job mehr, da sowieso alles gleich an die Bank ginge“, gab er nun zu und blickte Kate wieder in die Augen.

„Was aus meinem Job wurde, kannst du dir ja vorstellen. Zuerst probierten alle noch, mich zu schonen und die traurige Wahrheit nicht auszusprechen. „Das wird schon wieder“, „kannst ja was am Computer arbeiten“, sagten sie dann, da allen sofort klar war, dass ich meine Hände nicht mehr benutzten konnte.“ Kurz hing er seinen Gedanken nach.

„Dann mussten sie eines Tages aber doch eine Entscheidung fällen und die kann ich ihnen noch nicht einmal übel nehmen. Ich hätte wahrscheinlich ähnlich gehandelt als Geschäftsführer eines Startup-Unternehmens, das sowieso ständig ums Überleben kämpfen muss. Zwei Monate nach dem Unfall saß ich auf der Straße und hatte nichts. Absolut nichts.“

„Was ist mit deiner Familie?“, getraute sich Kate zu fragen.

„Ich bin ein Einzelkind. Meine Eltern leben in Boston,

wo ich auch aufgewachsen bin. Ich war ihr absolutes Wunschkind, das sie noch mit über Vierzig bekommen haben und auf das sie immer endlos stolz waren. Mittlerweile sind beide schon über achtzig und leben in einem Heim, sind aber geistig noch recht fit.
Nach dem Unfall konnte ich ihnen erst einmal nicht schreiben, aber mittlerweile tue ich dies regelmäßig und konnte in den zwei Jahren seit dem Unfall auch Geld zusammenkratzen, um sie einmal zu besuchen. Sie kennen nur eine sehr abgeschwächte Form der Wahrheit. Davon, dass ich auf der Straße lebe, wissen sie natürlich nichts. Sie denken, es geht mir gut hier trotz meiner Verletzung. Wie schlimm der Unfall wirklich war und dass ich nie eine Krankversicherung hatte, habe ich ihnen verschwiegen. Warum auch? Sie sollen sich auf ihre alten Tage doch nicht solche Sorgen um ihr einziges, geliebtes Kind machen!"

Petes Worte rührten Kate, seine ganze Geschichte war wirklich ergreifend. Wie schnell man in der heutigen Gesellschaft von ganz oben nach ganz unten fallen konnte, war erschreckend. Er war so ein herzensguter, talentierter Mann und Kate war froh, ihn kennengelernt zu haben.

„Du kannst immer noch wunderbar zeichnen, Pete!", sagte sie nun während sie sein Geschenk von diesem Morgen aus ihrer Handtasche holte und das Papier ausrollte.

„Das ist die schönste Zeichnung, die ich seit Langem gesehen habe, ehrlich!"

„Danke, Kate“, sagte er und schien sich aufrichtig über ihr Kompliment zu freuen. Auf seinem Gesicht machte sich nun endlich wieder sein Lächeln breit, das Kate von ihm gewohnt war und kleine Lachfalten zeichneten sich um seine Augen ab.

Kate liebte es, das Alter ihres Gegenübers zu schätzen. Bei Pete hatte sie genug Hinweise aus seinem Leben erhalten und auch sein Aussehen sagten ihr, dass er noch keine Vierzig war. Ende Dreißig, vielleicht achtunddreißig, schätzte sie.

In dem Moment blickte Kate über die Straße und sah einige Kollegen, wie geschäftige Ameisen aus dem Gebäude strömen. War es schon Mittagspausenzeit? Ein Blick auf die Uhr bestätigte ihr, dass sie schon fast zwei Stunden in diesem Café saßen. Es war bereits 12.30 Uhr.

Als sie das kleine Telefonhäuschen auf der anderen Straßenseite sah, kam ihr plötzlich eine Idee und sie sprach ihre Gedanken geradewegs aus: „Pete, könntest du mir vielleicht behilflich sein?“

„Nichts lieber als das!“, gab dieser eifrig zurück.

„Könntest du heute Abend ein Auge auf das Bürogebäude gegenüber werfen und wenn du die Personen, die ich dir gleich zeige, hineingehen siehst, mich anrufen?

„Klar. Kann mir schon denken, um wen es sich handelt“, gab Pete halb flüsternd zurück und blickte auf ihr Handy, das sie schon gezückt hatte und darauf herumtippte.

Ein Foto von Hank Goblin hatte sie gleich parat, nach

Riley Cook musste sie erst etwas googeln, aber auch von ihr gab es ein recht aktuelles Bild im Internet. Nachdem sie Pete beide Bilder gezeigt hatte und er sich diese eingeprägt hatte, ließ sie ihr Mobiltelefon wieder in ihrer Tasche verschwinden und sagte: „Pete, ich habe jetzt überhaupt keine Lust, irgendwelchen Kollegen zu begegnen und neugierige Fragen beantworten zu müssen. Deshalb mache ich mich mal auf den Weg."

„Vor allem willst du bestimmt nicht mit einem Penner zusammen gesehen werden, stimmt's?", feixte Pete, schien dies aber auch eine Spur ernst zu meinen.

„Du bist kein Penner, Pete!", und um dies zu verdeutlichen, gab sie ihm einen Abschiedskuss auf die Wange und legte zwanzig Dollar auf den Tisch, damit er die Rechnung bezahlen konnte. Daneben legte sie einen Zettel, auf dem sie schnell ihre Telefonnummern notierte.

„Eigentlich wollte ich dich ja einladen zu unserem ersten Date", sagte Pete nun scherzend und wollte ihr den Geldschein zurückgeben.

„Seh es als Anzahlung für deinen Spionagejob heute Abend. Außerdem brauchst du doch Geld, um mich heute Abend anrufen zu können", erwiderte Kate kurzerhand, zwinkerte ihm zu und verließ das Lokal. Schnellen Schrittes begab sie sich auf ihren Heimweg und hatte ein komisches Gefühl im Bauch, das sie nicht so recht deuten konnte.

14

Trotz der unschönen Ereignisse im Büro an diesem Morgen, fühle Kate sich überraschend gut, als sie ihren Wagen in der Einfahrt hinter dem BMW Cabriolet von Greg abstellte.

Komisch. Warum ist Greg schon zuhause? wunderte sie sich, als sie an seinem Wagen vorbeilief und einen kurzen Blick hineinwarf. Seine Aktentasche lag auf dem Beifahrersitz und das Handy auf der Mittelkonsole. Er schien sein Auto in Eile verlassen zu haben.

Wahrscheinlich hat er etwas vergessen, dachte Kate und freute sich insgeheim, dass nicht nur sie so schusselig geworden war.

Leise öffnete sie die Haustüre. Vielleicht könnte sie ihn ja überraschen mit ihrem spontanen freien Nachmittag und sie könnten noch etwas unternehmen! Kate ging in die Küche und stellte ihre Handtasche ab, aus der sie die für sie so kostbare Zeichnung von Pete nahm und auf den Tresen legte. Diese sollte bloß nicht zerknicken, im Kopf hatte sie schon einen Platz, wo sie das Bild aufhängen wollte. Oh ja, das würde sie, egal wie sie dies ihrer Familie erklären würde.

Wie ein Bild von einem Obdachlosen? hörte sie bereits Gregs Stimme in ihrem Ohr und dann hielt sie inne, denn gerade hatte sie sich eingebildet, seine Stimme wirklich zu vernehmen, und zwar aus dem oberen Stockwerk.

Sie trat an den Treppenaufgang. Ja, das musste Greg gewesen sein, der etwas gesagt oder eher geschrien hatte. Vielleicht hatte er geflucht, weil er das Gesuchte nicht fand.

Schon eilte Kate die Treppe hinauf, um ihm beim Suchen zu helfen und registrierte irritiert die Countrymusik, die aus dem Schlafzimmer drang.

Hierauf geschah alles ganz schnell und Kate konnte sich später nicht mehr an den genauen Ablauf erinnern.

Die folgenden Szenen, die sich abspielten, ähnelten einer klassischen Hollywood-Komödie: Sie öffnete langsam die Tür vom Schlafzimmer, hörte erst Greg, wie er sagte: „Komm schon, Baby“ und sah dann das bizarre Bild von ihm nur mit Cowboyhut bekleidet und einer Peitsche in der Hand.

Zuerst wollte sie lachen, dann sah sie jedoch rosafarbene Cowboystiefel unter ihm und das passende Gesicht dazu: Ihre Freundin Amanda!

Es dauerte Millisekunden, um die Situation zu erfassen. Greg ritt eine ihrer besten Freundinnen im Cowboy-Style und beide schienen wie in Ekstase dabei zu sein. Kate wurde schlecht und sie musste sich am Türrahmen abstützen. Wäre ihr nicht ein lauter Seufzer

entwichen, hätten die beiden Liebenden sie wohl gar nicht bemerkt.
Nun blickte Greg sie allerdings an und die Kinnlade klappte ihm förmlich hinunter.

„Kate!“, rief er aus.

„Greg“, schrie Kate.

„Kate?“, Amanda sah sie an, als wäre sie ein Geist.

„Amanda!“, sagte sie dann und die Situation breitete sich in dem Moment in vollem Ausmaß in ihrem Gehirn aus. Dies war kein Traum: Ihr Ehemann vögelte gerade ihre beste, oder fast beste, Freundin in ihrem Bett, auf ihrer Bettwäsche, im Cowboy-Sado-Maso-Stil. Wohl ein kleines Schäferstündchen zur Mittagspause.

Nun hatte Greg sich ihr auch noch zugewandt und sein Phallus deutete auf sie wie einst E.T.s Finger, der nach Hause telefonieren wollte.

Amanda schrie auf und sprang vom Bett, auch Greg brüllte irgendwas. Kate schwieg, drehte sich um und verließ den Raum. Ihr Herz raste.

Sie konnte nicht klar denken, aber ihr Körper steuerte einfach Richtung Eingangstür und als diese hinter ihr in Schloss fiel, fühlte sie sich schon ein klitzekleines bisschen besser.

Nichts wie weg hier, dachte sie und stieg in ihr Auto. Kurz überlegte sie, ob sie Gregs schicken BMW zu Klump fahren sollte. Das machten doch Schauspieler in solchen Situationen in den Filmen immer. Aber dies war leider keine Hollywood-Produktion, sondern ihr Leben, das sich gerade zu einem einzigen Desaster verwandelte.

Außerdem hatte sie den Wagen bezahlt!
Ihre Sporttasche stand auf dem Beifahrersitz, da sie oft nach dem Büro noch etwas ins Fitnessstudio ging. Also nichts wie dorthin. Beim Sportmachen konnte sie immer ganz gut abschalten.

Schon auf der Fahrt schossen ihr die Gedanken nur so durch den Kopf: *Wie lange ging diese Affäre wohl schon? Und warum hatte sie nicht das Geringste bemerkt? Hatten sie dieses Schäferstündchen wohl jeden Mittag abgehalten? Oder jeden zweiten? Einmal in der Woche?*
Kein Wunder, dass Greg kaum noch Lust auf Sex hatte, wenn er ständig Amanda vögelte.

Und wenn… hatte er dann vielleicht kurz vorher gerade. Oh Gott, war das ekelhaft.

Kate bemerkte den Geschmack von Magensäure in ihrem Mund. Das Schokocroissant drohte wieder ihre Speiseröhre hinaufzukriechen.

Reiß dich zusammen, sagte sie zu sich selbst, als sie auf den Parkplatz des Fitnessstudios fuhr, blieb dann aber noch eine Weile im Auto sitzen und hing ihren Gedanken nach.

Langsam fiel es ihr wie Schuppen von den Augen: Wie oft Greg und Amanda zusammen zu irgendwelchen „Open Houses“ gegangen waren. Das machte zwar durchaus Sinn, da sie beide Immobilienmakler waren, Greg nur lange nicht so erfolgreich wie Amanda.

„Ich kann noch viel von Amanda lernen“, hatte er bei diesen Gelegenheiten oft gesagt. Fragte sich nur was!
Wie oft die beiden Pärchen gemeinsam Sachen

unternommen hatten oder einfach nur zusammen gesessen hatte, wie neulich Abend. Hatten die beiden da klammheimlich ihr nächstes Treffen ausgemacht oder Greg ihr schnell an den Busen gegriffen, wenn niemand hingeschaut hatte? Die beiden hatten sie und Dave zu völligen Idioten gemacht.

Kates Wut wurde immer größer, sie fühlte sich nicht nur von ihrem Mann betrogen, sondern auch von ihrer besten, oder fast besten, Freundin verraten.

Wahrscheinlich waren Gregs monatliche Männerabende auch nur eine Ausrede gewesen, dachte sie angewidert. Das ließ sich schnell herausfinden, beschloss sie und nahm kurzerhand ihr Mobiltelefon und wählte Johnnys Nummer.

„Hey Kate, was gibt`s“, begrüßte dieser sie einige Sekunden später.

„Hallo Johnny. Ich wollte dich nur mal schnell fragen, ob Greg vielleicht am letzten Freitag sein Handy bei dir hat liegen lassen. Er findet es seit eurem Männerabend nicht mehr und hat auch keine Zeit es wirklich zu suchen.“

„Das ist aber komisch, ich habe doch gerade gestern mit ihm telefoniert und gesehen habe ich ihn schon seit Monaten nicht mehr.“

Kate hatte Recht!

„Ach so. Ja er hat ein geliehenes Handy zurzeit. Okay. Danke, dann suchen wir weiter. Bis bald“, und schon hatte sie aufgelegt.

Alles erstunken und erlogen! Alles!

Anstatt auf seinem Männerabend, war er mit Amanda wahrscheinlich in einem Stundenhotel oder noch schlimmer nur fünfzig Meter von ihrem zuhause entfernt, auf der gegenüberliegenden Straßenseite gewesen.

Wieder ging Kate das Bild von seinem lächerlichen Cowboylook durch den Kopf. Wütend stieg sie aus und knallte ihre Wagentür zu.

Fast drei Stunden probierte Kate sich im Fitnessstudio etwas abzureagieren. Mit Erfolg, wie sie fand. Erst stieg sie gut eine Stunde auf den Stepper und das Laufband und powerte sich aus, anschließend besuchte sie einen Yoga Kurs und setzte sich zum Abschluss in die Sauna, um ihren ganzen Ärger auszuschwitzen.

Sie war sich zwar nicht sicher, ob das wirklich geholfen hatte, aber immerhin fühlte sie sich etwas besser, als sie das Fitnessstudio wieder verließ. Mittlerweile war es vier Uhr nachmittags und sie wollte zuhause sein, bevor Lucy in einer halben Stunde nachhause kommen würde.

Wie sollte sie ihr nur die Neuigkeiten erklären?

15

Wieder bei ihrer hübschen zitronenfarbenen Villa angekommen, war sie gespannt, wie Greg das Haus wohl verlassen hatte. Sie hatte keine große Lust, ihm jetzt noch einmal zu begegnen und dass sein Wagen nicht in der Einfahrt stand, war schon mal ein gutes Zeichen.

Langsam öffnete sie die Tür. Alles sah aus wie gewohnt.

Noch langsamer und mit einem klammen Gefühl im Bauch stieg sie die Treppe hinauf.

Alles war ruhig. Keine Countrymusik war mehr aus dem Schlafzimmer zu hören.

Wenn Greg etwas Anstand besitzt, hat er hoffentlich die Spuren von seinem Seitensprung beseitigt, dachte Kate angewidert, als das Schlafzimmer betrat.

Immerhin hatte er die Bettwäsche abgezogen, diese lag in dem Wäschekorb in ihrem begehbaren Kleiderschrank. Kurzerhand beschloss sie die Bettwäsche einfach wegzuschmeißen. Neu bezogen hatte er das Bett natürlich nicht.

Kurz überkam sie ein starkes Gefühl der Schwermut und sie wäre beinahe in Tränen ausgebrochen, riss sich dann aber wieder zusammen. Noch war die Wut größer als die Trauer.
Kate inspizierte im Zimmer, was noch fehlte. Dies waren einige seiner Anziehsachen und eine mittelgroße Reisetasche. Im Badezimmer bestätigte sich ihr Verdacht, da dort seine Zahnbürste und sein Rasierzeug nicht mehr an deren Platz standen, auch ein paar Handtücher fehlten. Er hatte die Flucht ergriffen. Gut so!

In dem Moment hörte sie Lucy unten zur Tür reinkommen. Am besten sagte sie es ihr jetzt gleich, ohne lange um den heißen Brei herumzureden.

Sie traf Lucy in der Küche an, wo diese schon den Zettel gefunden hatte, den Greg zurückgelassen hatte:

Gehe in ein Hotel.
Ruf an, wenn Du reden willst

stand darauf gekritzelt und Lucy blickte sie fragend an.

„Papa ist weg", gab Kate nur als kurze Erklärung ab und musste nun doch weinen. Sie nahm Lucy in den Arm, schluchzte bitterlich und fühlte sich, als würde ihr ganzes Leben gerade so dahin fließen.

Lucy wartete geduldig, bis ihre Mutter wieder Worte fand, um den Sachverhalt zu erklären. „Lucy, du bist alt genug und ich möchte dich nicht anlügen", begann sie und blickte ihrer Tochter in die Augen. Diese nickte nur und schwieg. Die darauf folgenden Sätze kamen Kate nur schwer über die Lippen, aber schließlich brachte sie alles heraus.

„Ich kam heute schon zur Mittagszeit von der Arbeit nach Hause und da habe ich deinen Vater in flagranti mit seiner Geliebten in unserem Bett erwischt“. Lucys Augen weiteten sich vor Entsetzen, auch sie konnte es nicht fassen.

„Er hat ausgerechnet eine Affäre mit Amanda“, gab sie nun die ganze Wahrheit bekannt.

„Mit deiner Amanda?“, fragte Lucy sogleich fassungslos.

„Ja, mit meiner Amanda“, gab Kate trocken zurück und wunderte sich, dass sie nicht wieder losheulen musste. Es tat gut, sich alles von der Seele zu reden.

„Komm, Mama, setz dich erstmal hin. Ich mache uns einen Tee und dann erzählst du weiter“, sagte Lucy während sie ihre Mutter Richtung Wohnzimmer schob. Als Kate dort allerdings die Golfmagazine auf dem Couchtisch erblickte, die Greg bei ihrem letzten gemeinsamen Abend gezeigt hatte, steuerte sie weiter auf die Terrasse zu, wo sie sich ermattet hinsetzte. Das Ganze war anstrengend. Ihre Tochter hatte Recht, sie war völlig ausgelaugt.

Kurze Zeit später erschien Lucy wieder mit einem Tablett, auf dem eine Teekanne, zwei Tassen und hübsch angerichtetes Gebäck standen. Kate war gerührt, wie liebevoll sich ihre Tochter um sie kümmerte und sie redeten noch lange weiter. Nachdem sie den Vorfall zur Genüge durchgekaut hatten, wie Kate fand, redeten sie

viel über Charlie und Gott und die Welt.
Sie konnte sich nicht erinnern, sich schon einmal so intensiv mit ihrer Tochter unterhalten zu haben, die wirklich zu einer jungen, vernünftigen Frau herangewachsen war, was Kate mit Stolz erfüllte.

„Aber Mama, eure Beziehung war doch schon lange nicht mehr okay, oder?“, fragte diese in ihrer ehrlichen Art gerade.

„Wie meinst du das?“, wollte Kate nun wissen.

„Naja“, sprach Lucy unbeirrt weiter „ihr habt doch schon ewig nichts mehr gemeinsam unternommen und eher so nebeneinander her gelebt, hatte ich das Gefühl“.
Wahrscheinlich hatte sie Recht.

Kate dachte an all die Wochenenden, die jeder einzeln seiner Wege gegangen war. Die Abende, die sie oft völlig erschlagen von der Arbeit vor dem Fernseher oder lesend im Bett verbracht hatte. Alleine. Und ihren Sex, der praktisch nicht mehr existent gewesen war.
Lucy hatte vollkommen Recht!

„Dazu gehören aber immer zwei“, gab Kate nun schwach als Verteidigung zurück.

„Aber du hast Recht, Lucy“, sagte sie schließlich und mühte sich ein schwaches Lächeln ab, als sie ihr Kind anblickte, „aber daran lässt sich wohl jetzt nichts mehr ändern“.

16

Das plötzliche Klingeln des Telefons schreckte beide auf. Lucy, die wohl auf einen Anruf von Charlie wartete, sprang zwar auf, ließ dann aber Kate den Vorrang, und lief ihrer Mutter neugierig hinterher. Kaum jemand rief sonst auf ihrem Festnetz an. Natürlich hoffte Kate, dass sich ein um Vergebung winselnder Greg am anderen Ende befand, der alles bereute, seine Liebe beteuerte und bettelte, wieder nach Hause kommen zu dürfen.

„Kate?“, zuerst erkannte sie die Stimme nicht.

„Pete!“, rief Kate leicht irritiert aus. „Was gibt`s denn?“

„Na, ich rufe an, um von meinen Spionageergebnissen zu berichten“, antwortete dieser im Flüsterton.

„Ach ja…“, Kate konnte sich darauf jetzt beim besten Willen nicht konzentrieren.

„Die beiden Verdächtigen haben gerade das Gebäude betreten. Um Punkt 18 Uhr 42. Ich stoppe die Zeit“, gab er eifrig von sich.

Nun wurde Kate doch hellhörig.

„Ach, das ist ja interessant“, gab sie nicht mehr ganz so abwesend von sich. Trotzdem wollte sie das Gespräch schnell beenden.

„Kannst du das Gebäude weiter beobachten und schauen, wann sie wieder rauskommen?“

„Klar, mache ich. Ist alles okay mit dir, Kate? Du klingst irgendwie so bedrückt? Das ist aber nicht wegen dem Büro, oder? Du darfst dir das nicht so zu Herzen nehmen“, sprach er nun aufmunternd weiter.

„Ich weiß, Pete“, unterbrach sie ihn. „Ich erzähle dir alles morgen.“ Als sie das Gespräch beendet hatte, blickte Lucy sie erwartungsvoll an.

Kate merkte, dass sie Hunger hatte, sie hatte außer dem Schokocroissant und ein paar Keksen heute praktisch nichts gegessen. Man konnte Lucy ihre Neugier ansehen, und weil sie sich gerade so gut unterhalten hatten, erzählte sie ihrer Tochter auch, was sich in den letzten Tagen im Büro zugetragen hatte.

Während Kate eine Pizza in den Ofen schob und einen Salat dazu machte, erzählte sie Lucy alles. Das Erzählen vom Desaster bei der Arbeit dauerte genauso lange, wie das Backen der Pizza und als Kate fertig mit ihrem Bericht war, fasste Lucy das ganze haarscharf zusammen. „Da sägt aber jemand ganz schön an deinem Stuhl“, gab sie empört von sich und wieder einmal hatte ihre fünfzehnjährige Tochter Recht. Sogar aus dem Büro hatte sie sich heute ekeln lassen von dieser dahergelaufenen fast-noch-Studentin, die noch grün hinter den Ohren war.

„Und wer ist Pete?"

Nun musste Kate lächeln. „Lass uns erstmal was Essen, ich bin am verhungern".

Die Geschichte von Pete zu erzählen, dauerte weitaus länger, als die von ihrem Job.

Kate redete sich richtig in Rage und Lucy hatte viele Zwischenfragen. Auch hierfür hatte Lucy eine sinnvolle Schlussfolgerung: „Siehst du, du magst auch Außenseiter. Genau wie ich!"

Etwas Ähnliches hatte Kate neulich auch schon gedacht, als ihre Welt noch in Ordnung war, vor nur drei Tagen.

„Das mag wohl stimmen", gab sie zurück und küsste ihre Tochter auf die Stirn. „Aber du wolltest dich doch mit Charlie heute treffen. Wird es dafür nicht langsam etwas zu spät?"

Früher wäre Lucy bei so einem Kommentar wahrscheinlich ausgeflippt und hätte eine patzige Antwort von sich gegeben, heute aber sagte sie geradezu verständnisvoll: „Ich rufe ihn mal an. Und wenn er nur eine halbe Stunde vorbei kommen kann, wäre ich schon froh, Mama", sagte sie daraufhin und blickte ihr Mutter mit glücklichen Augen an, so dass diese unmöglich etwas erwidern konnte.

Wie schön es ist, verliebt zu sein, dachte Kate etwas wehmütig während sie Lucy hinterherblickte, die geradezu in ihr Zimmer schwebte, um ihren Liebsten anzurufen.

War ich denn überhaupt noch in Greg verliebt? fragte sie sich und war sich nicht sicher.
Sie war sich nicht einmal sicher, ihn jemals richtig geliebt zu haben. Das mochte aber auch nur die Wut in ihrem Bauch sein.

Kurz darauf erschien Charlie, den sie schon richtig ins Herz geschlossen hatte und Kate beschloss, es sich mit einem Schlummer-Cocktail vor dem Fernseher bequem zu machen.

Eine langweilige Fernsehshow und ihr großzügig eingeschenkter Gin Tonic taten ihr Gutes und innerhalb von Minuten war Kate auf der Couch eingeschlafen.
Wieder schreckte sie das Telefonklingeln hoch und es dauerte einige Sekunden, um sich zu orientieren.

Greg weg. Beste Freundin weg. Job Mist. Alles Mist! So in etwa schossen ihr die Gedanken durch den Kopf, während sie das Gespräch annahm, wieder insgeheim hoffend, dass am anderen Ende ein reumütiger Greg sei.

Wieder war Pete an der Strippe, der seine neue Aufgabe besonders ernst zu nehmen schien.

„Gerade haben sie das Bürogebäude verlassen, um 20 Uhr 47, um genau zu sein, und sind zu dem Italiener „Luigi's" in einer Seitenstraße gegangen", gab er genauestens Auskunft.

„Ich bin ihnen unauffällig gefolgt!", fügte er noch stolz hinzu.

Wieder ein ganz exquisites Lokal, dachte Kate und tat dies durch einen kurzen Pfiff kund.

„Soll ich sie weiter beobachten?", fragte Pete gerade,

dem seine neue Aufgabe Spaß zu machen schien.

„Danke Pete, das ist echt lieb von dir, aber nicht nötig. Ich muss nur rauskriegen, was sie immer im Büro zu suchen haben.“, sprach sie mehr zu sich selbst.

„Ist alles okay mit dir, meine Schöne?“

Pete schaffte es immer, Kate aufzuheitern. Nun musste sie sogar lächeln.

„Ich erzähle es dir morgen!“, jetzt hatte sie einfach nicht mehr die Kraft, sie war todmüde.

„Alles klar, dann wünsche ich dir süße Träume!“, sagte Pete noch und sie beendeten ihr Gespräch. Seine Stimme erzeugte immer ein wohliges Gefühl in ihrem Bauch.

Pete war zu bewundern: Obwohl er derjenige war, der alles verloren hatte, auf der Straße saß und noch nicht einmal ein Dach über dem Kopf hatte, war er es, der sie in ihrer Situation aufheiterte.

Und sie? Waren das nicht alles Luxus-Probleme, die sie hatte?

Sie fürchtete um ihren Bonus, mit dem sie sich einen luxuriösen Urlaub auf Hawaii gönnen wollte.

Diesen Urlaub könnte sie sich auch so leisten, sie verdiente wirklich genug. Morgen könnte sie theoretisch in den Flieger nach Hawaii steigen und es sich dort im angesagtesten Hotel gut gehen lassen.

Aber darum ging es nicht.

Worum ging es ihr dann? Ihr angestrebtes Ziel zu erreichen oder einfach noch mehr Geld zu verdienen? Noch mehr Geld zu dem ganzen Reichtum, den sie schon

hatte?
Und hatte sie nicht ohnehin schon die meisten ihrer Ziele erreicht? Warum musste es immer noch mehr sein?
Sie wohnte im schicksten Viertel von San Francisco in einer Villa, die gut ihre zwei Millionen wert war und… ja, und was?

Das war's. Ihr Familienleben war wegen ihrem ganzen beruflichen Stress bis vor drei Tagen eine Katastrophe gewesen. Der ständige Streit mit Lucy hatte immer sehr an ihren Nerven genagt. Das war jetzt besser. Dafür war sie nun Greg los.

Ihr Eheleben, von dem ihr noch nicht einmal aufgefallen war, dass es praktisch nicht mehr existent war. Lucy hatte Recht: Kaum hatten sie etwas zusammen unternommen, noch weniger im Bett und nie gab es mal eine zärtliche Berührung zwischen ihnen.

Sie hatten eher wie gute Freunde als ein Ehepaar zusammen gelebt. Auch wenn sie Greg an diesem Tag verloren hatte, war sie ihrer Tochter um einiges näher gekommen und sehr glücklich darüber.

Fest stand, dass für Kate ihre erfolgreiche Karriere die letzten Jahre, wenn nicht Jahrzehnte, völlig im Vordergrund gestanden hatte.

Plötzlich überkam sie ein schlechtes Gewissen, Lucy gegenüber weil sie oft so eine ungeduldige Mutter gewesen war, Greg gegenüber für ihre fehlende Zuneigung und sogar Pete gegenüber für die Oberflächlichkeit ihrer Probleme.

Sie beschloss, daran etwas zu ändern. Auf dem Weg in das obere Stockwerk, klopfte sie kurz an Lucys Zimmer, aus dem immer noch Charlies Gitarrenmusik und ihr Gesang ertönten, als Zeichen, dass es nun Zeit war für Charlie zu gehen.

Oben angekommen, betrat sie das Schlafzimmer und ihr war auf einmal völlig klar, dass sie diese Nacht nicht in ihrem Ehebett schlafen konnte, auch wenn es frisch bezogen war. Das war einfach unmöglich, sie würde kein Auge zu machen, wenn sie überhaupt jemals wieder darin schlafen konnte.

Wer weiß, wie oft sie es hier getrieben haben, dachte sie und zog kurzerhand in das bestens ausgestattete und liebevoll eingerichtete Gästezimmer.

In dem gemeinsamen Schlafzimmer von ihr und Greg musste sie erst einiges verändern, bevor sie dort wieder einziehen konnte.

Sie blickte sich in dem gemütlichen Raum und wusste plötzlich, was fehlte. Schnell lief sie in die Küche und holte die Zeichnung von Pete. Kurzerhand tauschte sie diese gegen ein anderes Bild mit einem passenden Rahmen aus und hängte es an die Wand.

Zufrieden betrachtete sie das Werk. Jetzt war ihr Schlafgemach perfekt.

Darauf legte sie sich ins Bett und plante als Ablenkung die Neugestaltung des Schlafzimmers. Neu streichen musste sie es auf jeden Fall und die Möbel gefielen ihr eigentlich schon lange nicht mehr, redete sie sich ein.

Als sie ein fertiges Bild vor Augen hatte, drehte sie sich zufrieden zur Seite und schloss die Augen.

Kurz vor dem Einschlafen sah sie Petes Gesicht vor sich und seine blauen Augen, die so viel Ehrlichkeit ausstrahlten. Das war es, was sie suchte in dieser Welt voller Lug und Betrug: Ehrlichkeit!

Kurz darauf war sie eingeschlafen.

17

Am nächsten Morgen wollte Kate etwas früher im Büro sein, um sich Hank Goblin einmal alleine vorzuknöpfen. Sie musste dringend mit ihm sprechen und hoffte, heute genug Kraft dafür zu haben. Sie verspürte immer noch Wut in ihrem Bauch, die sich aber eher auf Greg bezog. Im Hinblick auf ihren Job empfand sie eher Niedergeschlagenheit. So konnte man auch ihre Gesamtstimmung beschreiben: Sie fühlte sich ausgelaugt und niedergeschlagen.

Als sie in aller Frühe alleine im Gästezimmer aufwachte, sah sie gleich wieder die Szenen vom gestrigen Tag vor sich: Greg und Amanda in ihrem Schlafzimmer.

Hierauf überkam sie ohne jede Vorwarnung eine Welle des Kummers und sie vergrub ihr Gesicht im Kopfkissen und weinte bitterlich. Sie wusste nicht, wie lange sie dort gelegen und Tränen vergossen hatte, aber als sie anschließend das Badezimmer betrat und in den Spiegel blickte, glaube sie ihren Augen nicht zu trauen. Sie sah, was die Niedergeschlagenheit aus ihrem Gesicht gemacht

hatte und hasste Greg noch viel mehr.
Ihr Gesicht wirkte völlig aufgedunsen und sie hatte dicke Tränensäcke unter den Augen, sogar ihre Augenlider waren um das Dreifache angeschwollen.

Karl Dall ist eine Schönheit im Vergleich zu mir, sprach sie halblaut zu sich selbst, während sie immer noch entsetzt auf ihr Spiegelbild starrte.

Hastig zog sie verschiedene Schubladen auf und kramte etliche Döschen und Tuben heraus, von denen sie sich Abhilfe versprach: Eine kühlende Gurken-Augenmaske, eine beruhigende Gesichtsmaske und ein sündhaft teures Seidenglanz-Shampoo, das wirklich Wunder bewirkte.

Noch hatte sie genug Zeit für eine ausgiebige Morgendusche, es war erst kurz vor 6 Uhr und Lucy schlief noch tief und fest.

Als sie sich anderthalb Stunden später wieder im Spiegel betrachtete, war sie sehr zufrieden mit dem Ergebnis: Die Masken hatten ihr Gutes getan und mit etwas aufgetragenem Makeup, sah sie wieder frisch und jugendlich aus. Die Haare hatte sie ausgiebig geföhnt, wie sie es sonst nur tat, wenn sie ausging und das Ergebnis war beeindruckend. Der Frisör hätte es nicht besser hin bekommen und nun wippten ihre Haare in voller Fülle und umspielten ihr hübsches Gesicht.

Für den heutigen Tag wählte sie den bequemen Hosenanzug, um für jede Situation und eventuelle Schweißattacken gewappnet zu sein.

Dazu entschied sie sich für schlichten Schmuck, den

sie sich selbst bei einer

Geschäftsreise gekauft hatte und tauschte ihren üppigen Ehering gegen einen nicht minder imposanten Ring, der mit Opalen besetzt war, den sie in Australien vor gut zwanzig Jahren erstanden hatte.

Damals hatte sie in ihren Augen ein Vermögen dafür bezahlt, ein damaliges Monatsgehalt. Noch einmal betrachtete sie ihren Ehering. Die Gravierung auf der Innenseite war mittlerweile kaum noch zu erkennen, was ihr noch gar nicht aufgefallen war. Immerhin trug sie den Ring auch schon fast zwanzig Jahre. Wahrscheinlich war die Gravierung genauso dahingeschwunden, wie ihre Ehe selbst.

Kurz kam sie in Versuchung, den Ehering einfach in die Toilette zu werfen, dachte dann aber an Lucy und komischerweise an Pete und rief sich in Erinnerung, was der Ring wert war: Gut seine zehntausend Dollar bestimmt. Was man sich davon alles Schönes kaufen konnte.

Oder nach Hawaii fliegen, sagte sie nun laut zu sich selbst und musste schmunzeln.

Während sie die Treppe hinabstieg, bemerkte sie schon den angenehmen Geruch von Kaffee und frisch Gebackenem. Als sie dann die Küche betrat, merkte sie, wie ihr die Tränen vor Rührung in die Augen traten.

Fang jetzt bloß nicht an zu heulen, dein Makeup! sagte sie zu sich selbst, während sie Lucy feste umarmte.

Diese hatte während ihres Komplett-

Verschönerungsprogramms ein sensationelles Frühstück für sie beide zubereitet. Der Tisch war liebevoll gedeckt, Lucy hatte Waffeln mit frischem Obst gemacht und sogar einen kleinen Blumenstrauß im Garten gepflückt. Das von ihr zubereitete Frühstück war wirklich köstlich, der Kaffee zwar viel zu dünn, was Kate ihr aber niemals gesagt hätte.

„Der Kaffee schmeckt zum Kotzen, stimmt's?“, fragte diese dann allerdings geradeheraus, wie es ihre Art war und beide mussten herzlich lachen. Da Lucy sonst meist nur Tee trank, waren ihre Kaffeebraukünste noch nicht sehr ausgeprägt.

„Ich hole mir einfach noch einen Kaffee unterwegs“, gab Kate nun zurück und Lucy war nicht einmal beleidigt über die insgeheime Bestätigung ihres schlechten Kaffees.

„Ich würde heute gerne etwas früher im Büro sein, um ein paar Dinge zu klären“, sagte sie nun und hoffte auf Lucys Verständnis.

„Klar“, gab Lucy von sich und räumte die Teller in die Spülmaschine, was auch eine Seltenheit war.

„Pfeif deinem Boss mal so richtig die Meinung!“, gab Lucy nun euphorisch von sich und hielt dabei kämpferisch ihre Faust in die Höhe.

Kate hätte sie umarmen können! Schon flitzte ihre Tochter in ihr Zimmer, um sich fertig zu machen und Kate war überglücklich darüber, wie gut sie sich seit neustem verstanden. Ein richtig gutes Team waren sie!

Nun stellte sich Kate ans Fenster und konnte gar nicht umhin, auf Amandas Haus zu blicken. Wenn sie dies vermeiden wollte, müsste sie es in die Luft sprengen.

Gar keine schlechte Idee, dachte sie nun sarkastisch, während sie an ihrem Kaffeewasser nippte. In dem Moment sah sie Amanda aus der Haustüre kommen. Automatisch hielt sie die Luft an und duckte sich ein wenig, um nicht gleich von ihr gesehen werden zu können.

Amanda vermied es allerdings strikt, in ihre Richtung zu blicken. Noch vor drei Tagen hätte diese herübergeschaut und ihr dann freudig zugewinkt.

Kate trat einen Schritt vom Fenster zurück und beobachtete ihre Nachbarin, ehemals beste, oder fast beste Freundin weiter.

Diese lud geschäftig einige Sachen in ihren Kombi, der rückwärts in ihrer Einfahrt stand und gab dann ihrem Ehemann Dave, der im Bademantel an der Haustüre stand, einen saftigen Abschiedskuss. Sogar ihr Bein winkelte sie dabei leicht an, wie in einem blöden Schnulzenfilm.

Dann stieg sie in ihren Wagen und brauste davon, natürlich nicht an Kates Haus vorbei, sondern in die andere Richtung.

Dave scheint noch von Nichts zu wissen, wahrscheinlich hat Amanda es ihm noch nicht gestanden, sinnierte Kate gerade, als Lucy bereits geschniegelt und gestriegelt wieder hinter ihr in der Küche stand.

Beide blickten nun in dieselbe Richtung zu Dave, der immer noch vor seinem Haus stand und in seinem Morgenmantel, den verstrubbelten Haaren und der

Kaffeetasse in seiner Hand zugegebenermaßen etwas dämlich aussah.

Lucy schien Kates Gedanken zu lesen und sagte nur: „Mach es Mama! Geh rüber und sag es ihm!“
Genau das hatte Kate sich auch gedacht. Warum sollte nur sie leiden? Und schon war sie auf dem Weg zur gegenüberliegenden Straßenseite.
Dave erblickte sie recht schnell und schaute ihr verwundert entgegen.

„Guten Morgen, Kate“; sagte er noch etwas verschlafen. „Was gibt es denn so früh?“

„Morgen, Dave“, gab diese höflich zurück, ging dann aber gleich in die Vollen.

„Ich wollte dir nur kurz Beschied sagen, dass unsere Ehepartner ein Verhältnis haben und es ständig miteinander treiben.“ Die gewünschte Reaktion erfolgte und Dave starrte sie mit vor Entsetzen geweiteten Augen an, während Kate ungerührt weitersprach.
Sie hatte auch keiner verschont!

„Ich habe die beiden gestern in flagranti in unserem Schlafzimmer erwischt, in einem lächerlichen Cowboy-Outfit übrigens“:
Dave schien völlig von den Socken zu sein und musste sich erst einmal hinsetzen. Zum Glück stand direkt neben ihm ein weißer Korbstuhl, in den er sich jetzt fallen ließ.

„Bist du dir denn sicher?“, fragte er nur schlapp mit wenig Hoffnung in der Stimme.

„Oh ja, Dave“, gab sie nun von sich und lachte

gekünstelt. „Ich habe es mit eigenen Augen gesehen und, glaube mir, das war wirklich kein schöner Anblick."
„Auch das noch…", Dave wirkte abwesend und fast bereute Kate ihre Entscheidung, dann berappelte er sich allerdings wieder und war gleich wieder ganz der Alte.

„Wie lange geht das wohl schon, meinst du?"

„Bestimmt schon länger als ein Jahre", gab Kate zur Antwort, denn so lange ging Greg nun schon zu seinen angeblichen Männerabenden einmal im Monat. Wieder verspürte sie diese Übelkeit vor Wut.

Eine Pause entstand, die eine gefühlte Ewigkeit dauerte, bis ihr Gegenüber schließlich wieder Worte fand.

„Tja, dann hat sich das nächste Golfturnier wohl erledigt", antwortete Dave trocken und etwas apathisch.

Nun war es Kate, die ihn völlig entgeistert anblickte und den Kopf schüttelte.

Nur die beiden Möpse, die sich links und rechts neben Dave gesetzt hatten, machten einen der Situation entsprechenden Gesichtsausdruck und legten ihre Köpfe leicht schief. Diese schienen mehr Feingefühl zu haben als ihr Herrchen.

„Du bist genauso ein oberflächliches Arschloch wie die anderen auch!", gab sie zum Abschied noch von sich und stiefelte wieder wütend zurück zu ihrem Haus, wo Lucy schon gespannt an der Eingangstüre auf sie wartete.

„Und. Wie hat er reagiert?", fragte diese sogleich.

„Wie ein Vollidiot. Er schien nur um das nächste gemeinsame Golfturnier besorgt zu sein."
Nun blickten sich beide in die Augen und Lucy war die

erste, die ihr Kichern nicht mehr zurückhalten konnte. Schon stimmte Kate mit ein und kurz darauf hielten sich beide die Bäuche vor Lachen.
Kate konnte sich nicht daran erinnern, wann sie das letzte Mal so herzlich mit ihrer Tochter zusammen gelacht hatte.

Es gibt immer eine gute Seite bei allem, sagte sie sich und packte immer noch grinsend ihre Sachen für die Arbeit zusammen.

18

Um kurz nach halb 9 Uhr parkte Kate schließlich ihren Wagen an ihrem gewohnten Platz und fühlte sich unwohl heute zur Arbeit zu gehen.

In die Höhle des Löwen, dachte sie während sie sich langsam auf den Weg machte. Es war ein wunderschöner Oktobermorgen, der sommerliche Temperaturen versprach und Kate holte einmal tief Luft und ging dann strammen Schrittes Richtung Büro.

Gut, dass sie heute etwas früher dran war als sonst, dann konnte sie Pete noch zu seinen Beobachtungen vom gestrigen Abend befragen. Sie war schon gespannt, wobei sie sich davon nicht allzu viel erhoffte.

Pete schien schon auf sie gewartet zu haben, erhob sich von seiner Bank, als er sie sah und kam ihr einige Schritte entgegen.

„Du bist ja heute richtig früh dran, Kate", sagte er wie immer gut gelaunt.

„Ja, ich dachte, dann können wir noch kurz quatschen. Für einen Kaffee wird die Zeit allerdings nicht reichen", gab sie bemüht fröhlich zurück und beide begannen in die entgegensetzte Richtung von ihrem Büro zu schlendern, während sie weitersprachen.

„Schon okay. So spannend sind meine Beobachtungen nun auch wieder nicht. Die beiden Turteltäubchen waren noch bis kurz nach zehn Uhr in dem Restaurant und gingen dann zusammen in die Tiefgarage von eurem Bürogebäude."

„Meinst du die beiden haben was miteinander?", wollte Kate nun automatisch wissen.

Pete verzog leicht das Gesicht. „Sie könnte ja locker seine Tochter sein, aber wer weiß. Wahrscheinlich nutzt sie ihn nur aus."

Mittlerweile waren sie bei dem nahegelegenen Park angekommen und beobachteten einen kleinen Jungen, der voller Hingabe Tauben fütterte.

„Tja, dann muss ich mal los, Pete", gab Kate etwas bedrückt von sich und wandte sich um zum Gehen.

„Wieso eigentlich?"; fragte Pete sie geradeheraus. Kate verstand nicht.

„Wie meinst du das?"

„Na, warum tust du dir das an? Den ganzen Stress. Hat dein Boss dir nicht gestern gesagt, du sollst dir mal frei nehmen?"

„Ja, aber…", wollte sie gerade einwerfen, als Pete sie ungerührt unterbrach.

„Du siehst echt schlecht aus, Kate und deinen Einsatz dankt dir sowieso niemand."

Der erste Teil war ja wohl eine Unverschämtheit nach ihrem Mega-Pflegeprogramm heute Morgen. Sie selbst fand, sie sah aus wie ein Engel. Beim zweiten Teil seines Satzes hatte er wohl Recht.
Sie überlegte kurz.

In dem Moment stellte sich Pete vor sie, mit einem imaginären Telefon in der Hand und verstellte seine Stimme, etwas zu piepsig, wie Kate fand: „Hallo Hank, du meintest doch gestern, ich solle ein paar Tage frei nehmen. Deinem Vorschlag komme ich gerne nach", nun schob er eine kurze Pause ein und endete sein Telefonat dann mit: „Und übrigens kannst du mich mal!"

Nun steckte er sein „Handy" wieder in die Tasche und grinste Kate an.

„So einfach geht das, meine Liebe!"

Kate musste lachen. Petes Vorführung war herrlich und es hörte sich wirklich ganz einfach an! Bei der Vorstellung, wieder in ihr leeres Zuhause zurückzufahren, überkam sie allerdings ein mulmiges Gefühl in der Magengegend. Sie musste zur Arbeit gehen, nur als Ablenkung! Pete hatte sie noch nichts von den katastrophalen Ereignissen bei sich zuhause erzählen. Wieder sah sie Greg splitterfasernackt mit den Cowboystiefeln vor sich…

Zumindest in welche Richtung ihre Gedanken gingen, schien Pete zu ahnen und sagte leichthin: „Es ist ein traumhaft schöner Tag heute. Wie wäre es mit einem Spaziergang am Baker Beach, Mrs. Hunter?"

Das war ein schlagendes Argument!

Die Vorstellung jetzt zu ihrem Lieblingsstrand zu fahren, anstatt sich in ihrem Büro über Goblin und Gott und die Welt zu ärgern, fand sie äußerst verlockend.

Schon hatte sie ihr Mobiltelefon gezückt und Sekunden später ihre gutmütige Sekretärin Rose am Apparat.

„Guten Morgen, Rose. Ich fühle mich heute noch nicht so hundertprozentig."

Nun schwieg sie und hörte Rose zu.

„Ja, danke. Genau: Goblin weiß schon Bescheid. Dir auch."

Nachdem das Gespräch beendet war, blickte Kate ihr Gegenüber freudig an. Pete hatte recht: So einfach war das!

„Und jetzt?", fragte sie neugierig.

„Gehen wir zu deinem Wagen und fahren zum Strand!", gab Pete zurück, als wäre es die normalste Sache der Welt.

„Musst du noch irgendwelche Sachen holen?", fragte Kate nun, die wusste, dass Pete meistens einen Rucksack dabei hatte, in dem sich wahrscheinlich fast sein ganzes Hab und Gut befand.

„Meine Sachen habe ich heute Morgen im Obdachlosenheim ins Schließfach gestellt", gab dieser leichthin zurück und zwinkerte ihr zu.

Plötzlich wurde Kate klar, dass er dies geplant hatte. Wahrscheinlich hatte er sich schon am gestrigen Abend vorgenommen, sie heute zu entführen und zu einem

schönen Tag oder Vormittag zu überreden.
Kate konnte sich ein Lächeln nicht verkneifen.
Gemütlich liefen sie nun zu ihrem geparkten Wagen zurück und schlenderten absichtlich durch den Park und nahmen einen Umweg in Kauf, um nicht sämtlichen Kollegen über den Weg zu laufen.

Businessfrau Kate Hunter und Penner Pete auf der Flucht. Was für ein herrlicher Gedanke!
Kate freute sich auf die kommenden Stunden.

19

Etwa fünfzehn Minuten später waren sie an dem Parkplatz unter der Bay Bridge angekommen, dem „kleinen Bruder“ der Golden Gate Bridge, obwohl diese Brücke nicht minder imposant war und sogar fast drei Mal so lang war wie ihr „großer Bruder“. Immerhin erstreckte diese sich über mehr als sieben Kilometer bis nach Oakland auf der andern Seite der Bucht.

Vielleicht wäre hier auch mal ein fescher Anstrich angesagt, dachte Kate manchmal ganz in ihrer Marketingrolle. Denn das war ihrer Meinung nach der einzige Grund warum die Golden Gate Bridge die berühmteste Brücke der Welt war und der Bay Bridge die Show stahl. Nachts sah das allerdings anders aus, denn neuerdings war die Bay Bridge mit tausenden von kleinen Lichtern geschmückt, die nachts leuchteten, fast wie überdimensionaler Christbaumschmuck, der die ganze Bucht erleuchtete.

Für die Fahrt zum Baker Beach wählte Kate extra die Embarcadero Straße, die direkt an der Küste entlang führt, um den wunderschönen Blick auf die Bucht von San Francisco genießen zu können. Die Sonne strahlte bereits angenehm warm und man konnte spüren, dass dies wieder ein sommerlicher Tag werden würde. Wie oft zu dieser Jahreszeit herrschte nachts zwar klirrende Kälte, tagsüber aber kletterte das Thermometer meist auf angenehme fünfundzwanzig Grad.

Die Insel Alcatraz war noch von gespenstisch wirkendem Frühnebel umgeben, der sich spielerisch langsam über dem Meer ausbreitete, um sich dann gänzlich aufzulösen.

Schon die ersten paar Meter der Fahrt waren herrlich. Es war kaum jemand unterwegs. Alle Geschäftsleute saßen schon in ihrem Büro und für die Touristen war es noch zu früh, diese würden frühestens in einer Stunde in Scharen aus ihren Hotels kriechen.

Als sie um die nächste Kurve bogen, hatten sie freien Blick auf die, von der Morgensonne angestrahlte, Golden Gate Bridge, dem Wahrzeichen der Stadt und beide genossen den Anblick schweigend. Kurz darauf erreichten sie den Golden Gate Park und folgten den kurvigen Straßen durch die saftig grüne Parkanlage.

Plötzlich hatte Kate eine Idee und bog in die 34. Straße ab. Hier gab es einen köstlichen Delikatessen-Markt, der den besten Käse und das beste Baguette der ganzen Stadt im Sortiment hatte.

Pete schaute sie nur von der Seite an und meinte: „Gute Idee!“, auch er schien das Geschäft zu kennen.

In dem kleinen Supermarkt, der sehr an einen Tante Emma-Laden erinnerte, fühlten sie sich wie zwei kleine Kinder in einem Süßwarenladen. Sie wussten gar nicht, wo sie zuerst hinschauen sollten und konnten sich bei den ganzen Köstlichkeiten kaum entscheiden.

Schließlich blickten sie auf einen Einkaufskorb voller Leckereien: Frisches Baguette, verschiedene Gourmet Käsesorten, Trüffel-Schinken, eingelegte italienische Vorspeisen und eine Flasche Prosecco durfte natürlich auch nicht fehlen.

Kate fühlte sich wie ein Teenager, als sie fröhlich den Laden wieder verließen.

Wann hatte sie das letzte Mal blau gemacht? Wenn überhaupt schon mal in ihrem Leben…

20

Beim Baker Beach angekommen, drückte sie Pete den Einkauf in die Hand, holte eine Wolldecke aus dem Kofferraum und hakte sich gut gelaunt bei ihm unter.

„Es kann losgehen, Mr. Kidwell“, rief sie aus und beide liefen durch eine kleine Dünenlandschaft zum Strand. Dort blieben sie erst einmal stehen und genossen erneut die Aussicht. Diese war einfach umwerfend: Fast unwirklich zeichnete sich die Golden Gate Bridge am Ende des Strandes vor dem nun gänzlich blauen Himmel ab, auf die gerade ein überdimensional groß wirkendes Containerschiff zusteuerte.

„Ich liebe diesen Strand“, hauchte Kate begeistert.

„Ich liebe noch was ganz anderes“, sagte Pete, kniff ihr neckisch in den Po und rannte Richtung Meer.

Kate musste lachen.

Was meinte er?

Schon vorher hatte sie ein paar Mal den Eindruck gehabt, dass Pete mit ihr flirtete, war sich aber nicht wirklich sicher, ob das einfach seine Art war.

Vielleicht war ihm aufgefallen, dass sie ihren Klunker-Ehering, der wirklich nicht zu übersehen gewesen war, nicht mehr trug. Noch hatte sie ihm ja nichts erzählt.

Nun rannte auch sie los. Als sie den Meereswind in ihren Haaren spürte und das Salz auf ihrer Haut, dachte sie, dass sie schon lange kein Abenteuer mehr erlebt hatte. Der heutige Tag begann allerdings schon abenteuerlich genug: Sie war einfach nicht ins Büro gegangen, sondern befand sich mit Pete an ihrem Lieblingsstrand. Was konnte besser sein?

Etwas außer Atem erreichte sie Pete, der bereits bis zu den Knien im Meer stand und sich nicht an dem eiskalten Wasser zu stören schien, zu groß war auch dessen Begeisterung.

„Wo wollen wir unser Lager aufschlagen“, rief er ihr gegen den Wind entgegen.

Kate deutet Richtung Dünen und Golden Gate Bridge und so machten sie es sich kurze Zeit später auf einem romantischen, windgeschützten Plätzchen bequem und breiteten ihre Köstlichkeiten vor sich aus.

Man merkte Pete an, dass er schon viel herumgekommen war auf der Welt und auch ein kleiner Feinschmecker gewesen sein musste in besseren Zeiten. Sie erzählten und lachten viel und Kate konnte sich nicht daran erinnern, wann sie sich das letzte Mal so gut gefühlt hatte.

Kein Wunder nach alledem, was mir in den letzten Tagen passiert ist? dachte sie nun, glaubte aber auch, dass Pete einen gehörigen Anteil an ihrem momentanen

Wohlbefinden hatte.

„Weißt du, dass dies der bekannteste Strand für Seeglas ist?", fragte Pete gerade.

Kate hatte keine Ahnung, wovon er sprach.

„Ich zeige es dir!", sagte er nun, reichte ihr auffordernd die Hand und ließ diese nicht mehr los. So liefen sie händchenhaltend zum Strand und Kate verspürte wieder dieses Kribbeln in ihrem Bauch, stärker denn je.

Während sie zum Strand liefen, erklärte Pete: „Dieser Strand hat wirklich etwas Magisches, denn an den meisten Tagen findet man hier keinerlei Steine am Strand, manchmal jedoch, so wie heute, wimmelte es nur so von kleinen Kieselsteinen."

Das war Kate noch nie aufgefallen, fand es aber auch ehrlich gesagt bis jetzt noch nicht besonders spektakulär.

Nun blieb Pete stehen und sagte: „Siehst du? Schau runter!"

Seinem Blick folgend, sah Kate zuerst nur bräunlich und gräulich schimmernde Kieselsteine. Doch dann erblickte sie es! Dazwischen funkelte es smaragdgrün, azurblau und sogar dunkelrot. Pete hatte bereits einige dieser von den Gezeiten perfekt geformten Steinchen aufgehoben und zeigte sie ihr nun auf seiner vernarbten Hand.

„Die sind wunderschön! Was ist das?", wollte Kate nun wissen.

„Der Ozean formt aus Glasresten diese unglaublich schönen Glassteine, faszinierend oder?"

Kate war wirklich sprachlos und bückte sich nun selber, um einige Steine zu sammeln. Der ganze Strand war voll davon und ihr war dies noch nie aufgefallen, was für ein Armutszeugnis.

Pete schien ihre Gedanken zu lesen.

„Wie gesagt, man findet diese hier nur manchmal. Ich hatte gehofft, dass heute solch ein Tag sein würde.“

Kate war gerührt, wie er insgeheim den Tag mit ihr geplant hatte.

Nachdem sie ausgiebig Seeglas in allen Farben gesammelt hatten, gingen sie wieder an ihren Platz und öffneten die Flasche Prosecco. Da sie nicht an Gläser gedacht hatten, tranken sie einfach aus der Flasche, wie zu Schulzeiten.

Kate fühlte, wie ihre Anspannung allmählich nachließ und sie sich fast ein bisschen beschwipst fühlte, als sie beschloss, Pete vom gestrigen Tag zu erzählen.

Nachdem sie etwas zaghaft den Anfang gefunden hatte, fanden die Worte bald ihren Weg und Kate konnte sich alles von der Seele reden. Bei der Cowboy-Szene angekommen, die ihr langsam wirklich vorkam, wie aus einem schlechten Hollywood-Film, musste sie lachen. Ein hysterisches Lachen, das bald in ein verzweifeltes Schluchzen überging.

Liebevoll nahm Pete sie in den Arm und eine Weile weinte Kate nur, während er ihr sachte über das Haar strich, bis sie sich beruhigte.

„Was für ein Idiot!“, gab Pete halblaut von sich, obwohl er es am liebsten hinausgebrüllt hätte.

Als Kate schwieg, sprach er weiter.

„Wie kann man so eine klasse Frau wie dich betrügen? Da muss man doch bescheuert sein!"

„Pete, ich glaube…", wollte Kate gerade ihr eigenes Zutun zum Scheitern ihrer Beziehung gestehen, als er die Hand anhob, um ihr zu zeigen, dass sie schweigen sollte.

„Ich kann mir denken, was du sagen willst. Es gehören immer zwei dazu, stimmt's, aber…"

Die folgenden Worte nahm Kate kaum noch war, da ihr auf einmal klar war, das Pete und sie seelenverwandt waren. Zu oft hatten sie dieselben Gedanken, mochten die gleichen Sachen, hatten ähnliche Ansichten. Sie war sich sicher, einen richtig guten Freund gefunden zu haben.

Oder sogar mehr?

Mittlerweile schwieg Pete wieder, hatte sie dafür aber fester an sich gedrückt, als Zeichen seiner Unterstützung. Seine Umarmung machte sie zugegebenermaßen immer nervöser. Sie wollte das Thema wechseln, schließlich hatte sie genug Trübsal geblasen in den letzten vierundzwanzig Stunden.

Plötzlich hatte sie eine Idee.

„Pete, ich will wissen, was da im Büro spät abends vor sich geht, will aber ungerne alleine dorthin gehen", gab sie ehrlich zu.

„Würdest du mich begleiten?", fragte sie ihn nun geradehinaus und blickte in seine, ihr mittlerweile so vertrauten Augen.

„Ich?", fragte Pete ehrlich überrascht. „So?" und

blickte an sich hinunter.

Kate folgte seinem Blick und musste lächeln. Nicht dass er offensichtlich aussah wie jemand, der auf der Straße lebte. Eher sah er gerade aus wie ein Schuljunge, der von einer Welle überspült wurde und sich anschließend im Sand gewälzt hatte.
Das kam den Tatsachen ja auch ziemlich nahe.

„Dafür habe ich eine Lösung", gab sie spontan von sich und fand ihren Einfall geradezu genial.

„Jetzt möchte ich aber erst noch ein bisschen diesen wunderschönen Strand genießen", sagte sie, ließ sich zufrieden zurück auf die Decke fallen und genoss die Wärme der Sonne auf ihrer Haut und den feinen Sand, der ihre Füße umspielte.

21

Um kurz nach zwei Uhr mittags parkte sie ihren Wagen wieder in ihrer Einfahrt und fühlte sich voller positiver Energie, wie nach einem Kurzurlaub. Dabei waren sie nur ein paar Stunden am Strand gewesen. Einige sehr schöne Stunden!

Nach wie vor war sie von ihrem Einfall begeistert und führte Pete zum Haus. Dieser blickte sich beeindruckt um und pfiff leise durch die Zähne. Da Kate wusste, dass auch Pete schon in sehr luxuriösen Umgebungen gewohnt hatte, war es ihr nicht unangenehm, ihm ihr schickes Zuhause zu zeigen. Zugegebenermaßen erfüllte es sie sogar etwas mit Stolz.

Pete stand nun in dem geräumigen Eingangsbereich und blickte sich etwas ratlos um. Unbeholfen blickte er an sich herab und zog seine völlig durchnässten Schuhe aus. Als Kate ihn anblickte, musste sie schmunzeln. Er sah wirklich aus wie ein kleiner Junge, der gerade im Sand gespielt hatte. Aber gerade diese arglose, verspielte Art liebte sie so an ihm.

Liebte? hatte sie eben wirklich gedacht „liebte"?
Schnell schob sie den Gedanken beiseite und führte Pete in das obere Stockwerk. Sie spürte, dass er zögernd hinter ihr her lief und ihm das Ganze wohl nicht ganz geheuer war.

„Was ist denn mit dir los?", fragte ihn Kate überrascht. „Du hast doch sonst immer eine so große Klappe."

„Ich bin nur gespannt, was jetzt kommt…", gab dieser ehrlich zurück.

„Okay, ich sage es dir", begann Kate zu erklären, während sie ihn in das Schlafzimmer führte, das schon ziemlich nach Umzug oder Renovierung aussah. An diesem Morgen hatte Kate noch schnell die Bilder von den Wänden genommen und vor allem die gerahmten Hochzeitsfotos und alle Aufnahmen, auf denen Greg zu sehen war, bereits in eine Umzugskiste gepackt, die mitten im Raum stand. Anschließend hatte sie noch lieblos einige seiner Anziehsachen in seine Koffer gepackt oder eher hinein geschmissen, die nun auf dem Bett standen. Im Film hätte sie diese wohl einfach in hohem Bogen aus dem Fenster in den Vorgarten gepfeffert, aber diese Blöße wollte sie sich nicht vor ihren Nachbarn geben.
Es wurde bestimmt schon genug getratscht!

So sehr sie diese Nachbarschaft liebte, da jeder jeden kannte, hasste sie es manchmal, wenn sie die heimlich zurückgezogenen Vorhänge sah, durch die manche Nachbarn alles beobachteten. Gerade Miss Henderson genau gegenüber war so eine Kandidatin. Sie hatte bestimmt schon vor Monaten über Gregs Affäre mit Amanda Bescheid gewusst. Erst jetzt fiel Kate auf, dass diese sie häufig mit einem recht mitleidigen Blick bedacht hatte. Wahrscheinlich genau aus diesem Grund.

„Und jetzt?", unterbrach Pete ihre Gedanken.

„Und jetzt", antwortete Kate gedehnt, „stecken wir dich erst einmal unter die Dusche!"

Hierbei öffnete sie einladend die Tür zu ihrem edlen Badezimmer, das ganz in hellem Marmor erstrahlte. Alles strahlte wirklich blitzeblank, da die Putzfrau in der Zwischenzeit hier gewesen war und Kate sich insgeheim immer fragte, wie diese alles so sauber bekam. Sie musste über irgendein Wunderputzmittel verfügen.

„Wirklich?", fragte Pete erstaunt und trat hinter ihr ins Bad und blickte sich um, während Kate ihm ein vorgewärmtes Handtuch in die Hand drückte.

„Kommst du mit?", fügte er nun neckisch an und zwinkerte ihr zu.

Wieder ganz der Alte, dachte Kate zufrieden und sagte dann laut: „Ein anderes Mal". Irgendwie fand sie ihren kleinen Flirt recht erfrischend.

„Ich suche in der Zwischenzeit etwas zum Anziehen für dich heraus", gab sie nun mit einer Stimme von sich, die keinen Widerspruch duldete.

„Gut. Danke", hörte sie Pete noch sagen, während sie die Badezimmertüre hinter sich schloss.

Sofort flitzte Kate zu den schon gepackten Koffern und wühlte diese durch. Pete hatte eine sehr ähnliche Statur wie ihr Bald-Ex-Mann Greg. Pete war allerdings etwas schlanker und vielleicht ein oder zwei Zentimeter größer. Sie war sicher, dass ihm viele der Anziehsachen passen würden.

Pete war zwar nicht der Typ für Anzug oder Poloshirt und die dämlichen Golfklamotten konnte sie sowieso nicht mehr sehen, aber einige Sachen würden ihm bestimmt gefallen. Besonders wählerisch war er sicherlich nicht.

Kurz darauf hatte sie zwei Paar dunkle Jeans, einen Wollpullover, einige T-Shirts und Sweatshirts rausgesucht. Greg würde bestimmt nicht einmal merken, wenn etwas von seiner Kleidung fehlte. Auch er hatte von allem viel zu viel.

Nun legte sie noch einen seiner Anzüge dazu. Warum nicht?

Schuhe? Schuhe hatte Greg auch in Unmengen und das Exemplar von Pete konnte man getrost in die Mülltonne schmeißen.

Aus dem Badezimmer konnte sie hören, wie Pete das Wasser abstellte und fröhlich pfeifend aus der Dusche kam. Schnell schnappte sie sich Boxershorts und Socken von Greg und legte diese samt der Anzugshose vor die Badezimmertüre.

„Ich habe dir schon ein paar Sachen vor die Türe gelegt!“, rief sie ihm nun laut zu und machte sich auf die Suche nach einem passenden Oberhemd.

In dem begehbaren Kleiderschrank fiel ihr Blick zuerst auf den Fußboden, auf dem etwa vierzig Paare Schuhe von ihrem Mann standen. Alle Stilrichtungen waren vertreten: Von elegant und schick, über legere bis hin zu sportlich, und natürlich unendlich viele Golfschuhe. Viele davon hatte er seit Jahren nicht getragen.

Alles nur zum Angeben, dachte Kate und kniete sich vor die Schuhe, um ein passendes Paar für Pete herauszusuchen.

Im Hintergrund hörte sie, wie Pete den Raum betrat und fragte: „Und? Wie sehe ich aus?"

„Moment", gab Kate nur von sich und griff gerade nach dem dritten Paar in der Reihe.

„Was ist denn hier los?", hörte sie da erneut eine Stimme.

Kate erfror förmlich in ihrer Bewegung.

Das war nicht Pete, der da sprach, sondern Greg!

„Ach, das ist ja nett, Sie kennenzulernen", hörte sie da Petes übertrieben freundliche Stimme. „Ich dachte, Sie wären anderweitig beschäftigt!"

Haha, das hatte gesessen! Kate musste sich schnell eine Hand vor den Mund halten, um nicht laut loszulachen. Pete war einfach klasse.

Etwas ungeschickt kam Kate wieder auf die Beine und trat mit leicht zerzausten Haaren aus dem Schrank heraus ins Schlafzimmer, wo sie direkt zwischen Greg und Pete stand, die sich feindselig anstarrten. Automatisch ging sie einen Schritt auf Pete zu, nicht wissend, ob sie seinen Schutz suchte oder ihn eventuell vor einem Wutausbruch von Greg schützen wollte.

Für Greg musste es zugegebenermaßen ein sehr komischer Anblick gewesen sein. Wahrscheinlich war er kurz zurückgekommen, um noch schnell ein paar von seinen Sachen abzuholen, in der Hoffnung, dass Kate nicht zuhause sein würde. Aber da hatte er sich getäuscht und nun stand er in seinem Schlafzimmer einem halb nackten Mann gegenüber und seiner Bald-Ex-Frau mit völlig verstrubbelten Haaren.

„Ist das etwa meine Hose?“, kam es da haarscharf von Greg, der richtig sauer wirkte.

„Ach, für die bist du doch mittlerweile eh zu fett“, gab Kate frech als Antwort und wunderte sich selbst über ihre Coolness in dieser heiklen Situation.

„Was geht hier eigentlich vor?“, fragte Greg nun und blickte sich verständnislos im Raum um.

Na, der ist witzig, dachte Kate nur, es fiel ihr aber leider spontan keine passende Antwort darauf ein.

„Das ging ganz schön schnell, was?“, sagte da Pete, griff Kate besitzergreifend um die Taille und zog sie näher an sich. Ein liebevoller Kuss auf die Wange rundete seine Show noch ab.

Kate war völlig perplex und wusste nicht, was sie sagen sollte, also umarmte sie Pete genauso fest, wie er sie, als Zeichen, dass sie zusammengehörten.

Greg fiel förmlich die Kinnlade hinunter und er starrte die beiden nur an.

Kein Wunder, dachte Kate insgeheim, *Pete sieht ja auch fantastisch aus*. So frisch geduscht, rasiert und mit bloßem Oberkörper konnte er mit jedem Hollywoodstar mithalten. Sein Körper war gut durchtrainiert und dass er fünfzehn Jahre jünger war als Greg, war offensichtlich.

Dieser schien sich gerade wieder zu fangen und sagte nun betont geschäftsmäßig: „Ich wollte nur schnell noch ein paar Sachen holen, dann seid ihr mich wieder los". Schnurstracks lief er darauf an Pete vorbei zu seinem Nachttisch, wo seine Armbanduhr lag und sein Ipod stand. Beides steckte er kurzerhand in die Hosentasche und machte sich wieder auf den Weg. Es hatte den Anschein, als wolle er so schnell wie möglich wieder hier wegkommen.

„Den Rest hole ich wann anders", gab er nun von sich, blieb noch einmal stehen und fragte Kate direkt: „Wie geht es Lucy?".
Um sie machte er sich anscheinend Sorgen und Kate wusste, was ihn wirklich interessierte.

„Lucy weiß Bescheid. Es geht ihr einigermaßen gut, aber du kannst sie ja auf ihrem Handy anrufen, wenn du wissen willst, wie sie auf dich zu sprechen ist."

Greg nickte nur, als Bestätigung, dass er verstanden hatte und Kate wusste, dass ihn dieser Anruf viel Überwindung kosten würde.
Im Grunde war Greg nämlich ein Schisser, wie so viele Männer!

Noch standen Pete und Kate wie angewurzelt Arm in Arm mitten im Zimmer und als sie die Türe ins Schloss fallen hörten, löste sich ihre Anspannung.

Kate ließ sich kurzerhand rückwärts auf das Bett fallen und Pete konnte man ansehen, dass er nicht recht wusste, wie er sich verhalten sollte. Als Kate ihn anblickte, wie er so unbeholfen dort stand, in Gregs Anzugshose, die

übrigens perfekt passte, musste sie auf einmal lachen. Die Situation war einfach zu abstrus, als dass man hätte ernst bleiben können.
Erleichtert stimmte Pete in ihr Gelächter mit ein und bald konnten sie nicht mehr aufhören.
So traf Lucy die beiden an, als sie nach Hause kam.

Genauso überraschend wie Greg, stand auch sie plötzlich in der Tür und blickte verwirrt zwischen ihrer Mutter, die immer noch kichernd auf dem Bett lag und Pete, der sich netterweise mittlerweile ein T-Shirt angezogen hatte, hin-und her.

„Mama?", fragte sie nun vorsichtig.

„Ach. Lucy, mein Schatz", gab Kate von sich, während sie aufstand und Lucy umarmte.

„Darf ich dir vorstellen: Das ist Pete!", sagte sie und Pete war auch schon einen Schritt auf sie zugekommen, um ihr die Hand zu schütteln.

Zum Glück hatte sie Lucy gestern in allen Details von Pete erzählt. Insofern wirkte die Situation nicht ganz so komisch auf ihre Tochter. Eher schien diese neugierig zu sein und betrachtete den Fremden forsch.

„Nett dich Kennenzulernen", sagte Pete zur Begrüßung und Kate konnte dem Blick ihrer Tochter entnehmen, dass der erste Eindruck durchaus positiv war.

„Was macht ihr denn hier?", wollte Lucy nun doch in ihrer jugendlichen Unschuld wissen.

„Ich will Pete heute Abend mit ins Büro nehmen und dafür braucht er etwas schickere Klamotten", erklärte sie ihrer Tochter völlig selbstverständlich den Sachverhalt und war erneut froh darüber, ihr gestern so vieles erzählt zu haben.

„Ah…cool", erwiderte Lucy gerade, als ihr Handy klingelte.

„Das ist Papa", sagte sie nach einem Blick auf das Display, nahm das Gespräch an und verließ den Raum.

Das würde kein einfaches Telefonat werden, zumindest nicht für Greg. Lucy liebte ihren Vater heiß und innig, war aber dermaßen enttäuscht von ihm, dass er ihre Mutter betrogen hatte und nun einfach gegangen war.

Meine arme Tochter, dachte Kate, als sie ihr hinterher blickte.

„Danke, dass ich auch mal von deinem geheimen Plan erfahre", vernahm sie da Petes Stimme, der sie aber bis über beide Ohren angrinste.

Ihm schien die Idee zu gefallen: In geheimer Mission zu Magnets Marketing zu gehen.

„Ich wollte erstmal schauen, ob wir dich hier etwas besser einkleiden können"; gab Kate ehrlich zu. „Und dann wollte ich gegen 18 Uhr ins Büro und schauen, ob Goblin und Riley Cook dort wieder erscheinen, wie die letzten beiden Abende. Was meinst du?"

„Das ist eine ganz hervorragende Idee!", gab Pete nun euphorisch von sich. „Ich bin auch schon ganz gespannt, was da bei dir im Unternehmen abgeht!"

Dankbar blickte Kate Pete an. Er war wirklich ein klasse Freund.

Ein Blick auf die Uhr sagte Kate, das es schon kurz

nach 17 Uhr war und somit höchste Zeit, sich fertig zu machen.

Pete war ihrem Blick auf die große Wanduhr gefolgt und rief nun beflissen aus: „Es kann losgehen!". Mit einem Zwinkern fügte er noch hinzu: „Das wird spannend, Süße!"

Wieder einmal wurde Kate ganz warm ums Herz.

Wie schaffte er es nur immer sie auch in den stressigsten Situationen aufzumuntern?

22

Pünktlich eine Stunde später standen sie in der „Boulangerie“, tranken etwas und beobachteten den Eingang des Bürogebäudes gegenüber. Viele Angestellte mussten schon gegangen sein, denn die meisten von ihnen ließen um Punkt sechs Uhr zum Feierabend ihren Stift fallen, um nach Hause zu eilen.

Es war bereits stockdunkel draußen und von dem Inneren des hell erleuchteten Cafés aus konnte man schlecht erkennen, wer in dem Gebäude ein-und ausging.

„Hast du nicht einen Schlüssel zu deinem Büro?“, fragte Pete nun, während er seinen Espresso schlürfte.

„Ja, habe ich“, antwortete Kate und konnte sogleich Petes Gedanken erraten.

„Du meinst, wir sollen einfach hinein gehen?“

„Klar! Und selbst wenn wir ihnen in die Arme laufen, kannst du doch einfach sagen, du hättest etwas vergessen.“

„Stimmt, das machen wir!“, gab Kate begeistert von sich und leerte ihr Wasser in einem Schluck. Kaffee hätte

sie jetzt nicht trinken können, sie war sowieso schon ganz aufgeregt und hibbelig.
Bei dem eleganten Bürogebäude angekommen, begrüßte sie der Nachtportier höflich. Dieser kannte Kate nur zu gut, da sie oft noch Überstunden machte und als eine der letzten das Haus verließ.

Und wofür das Ganze? Damit ich von meinem Chef so übel hintergangen werde? dachte Kate und merkte wie sich wieder der Missmut in ihr breit machte.

„Welches Stockwerk?", wollte Pete wissen, als sie im Fahrstuhl standen und Kate immer noch in Gedanken versunken war.

„Das Zwölfte", gab sie als knappe Antwort und merkte wie ihre Anspannung auch auf Pete überzuspringen drohte.

„Ist ja witzig, hier gibt es auch kein dreizehntes Stockwerk", probierte Pete sie abzulenken, was ihm aber nur schwer gelang. Zu gespannt war Kate, was heute Abend passieren würde.

Im zwölften Stockwerk angekommen, standen sie vor dem imposanten, verglasten Eingang von Magnets Marketing und zum zweiten Mal an diesem Tag entfuhr Pete ein anerkennender Pfiff. Der Eingangsbereich war wirklich beeindruckend und stellte jedes erstklassige 5-Sterne-Hotel in den Schatten. Die Empfangstheke aus dunklem Granit befand sich vor einem etwa fünf Meter breiten Wasserfall, der in allen Farben erleuchtete und ein angenehmes Plätschern erzeugte, das auf die Anwesenden wohl beruhigend wirken sollte. Bei Kate löste das

Geräusch hingegen nur den sofortigen Drang aus, auf die Toilette gehen zu müssen.

Die überdimensionale Granit-Wasserfall-Konstruktion war eingerahmt von deckenhohem, echtem Bambus und man hatte das Gefühl jeder Zeit einem Papagei oder sogar einem Orang-Utan über den Weg zu laufen. Zur weiteren Illusion, im Paradies angekommen zu sein, ertönten dschungelartige Geräusche und leise Musik aus dem Hintergrund, die mit dem Plätschern des Wassers eine wirklich angenehme Atmosphäre vermittelten. Das Konzept war gut durchdacht.

Hier standen sich sonst zwei Empfangsdamen den ganzen Tag die Beine in den Bauch und begrüßten jeden mit einem Zahnpasta-Werbelächeln. Warum das Ganze allerdings jetzt noch an war, wo kaum noch jemand hier war, war Kate ein Rätsel. Ihr Arbeitgeber schien einfach zu viel Geld zu haben.

Pete blickte sich neugierig um, als sie durch die weitläufigen Korridore gingen, die eher einer großen Kunstausstellung glichen. Vor dem einen oder anderen Bild blieb er beeindruckt stehen und musterte es eine Weile.

„Komm schon, Pete", drängelte Kate, die dringend schauen wollte, ob in ihrem Büro noch alle Sachen an ihrem Platz standen oder ob man sie schon ausquartiert hatte.

Vorsichtig schloss sie die Flügeltüren zum Großraumbüro aus und Pete erinnerte sie: „Kate, du arbeitest hier, du bist kein Einbrecher. Eigentlich kannst

du dich doch ganz normal verhalten."
Er hatte Recht. Trotzdem hatte Kate das Gefühl, leise sein zu müssen, denn schließlich wollte sie herausfinden, was in ihrer Firma vor sich ging.

Als sie den großen Raum betraten und Kate das Licht anknipste, scherzte Pete nur: „Schöne Hasenkäfige habt ihr hier", woraufhin ihn Kate an der Hand nahm und durch das gesamte Großraumbüro führte.

Als sie schließlich in ihrem Büro in der hinteren Ecke des Raumes angekommen waren, fragte Pete: „Und jetzt?", was Kate allerdings auch nicht so recht beantworten konnte. Kurz überlegte sie.

„Ich will meine Unterlagen durchschauen, ob was fehlt und meinen Computer auch. Aber wir sollten das Licht ausmachen, falls die beiden kommen. Was meinst du?"

Schon hatte Kate ihre Tischlampe angemacht und aus einer der Schubladen an ihrem Schreibtisch eine Taschenlampe geholt, die samt Taschenmesser, Verbandszeug und Wasser zu dem Erdbeben-Notfall-Kit gehörte, das jeder Mitarbeiter von Magnets Marketing an seinem Arbeitsplatz haben musste. Der Geschäftsführer Marc Magnet war bei dem letzten großen Erdbeben 1989 in San Francisco schwer verletzt worden und seither sehr vorsichtig und wollte für das nächste Beben gewappnet sein.

Mit der Taschenlampe bewaffnet, ging Kate zum nächsten Lichtschalter und löschte das Licht im gesamten Großraumbüro, wobei es nun nicht gänzlich dunkel war, da das viele Licht der belebten Fremont Street durch die große Fensterfront den Raum erhellte. Zufrieden ging sie wieder zurück zu Pete, der sich neugierig an ihrem Arbeitsplatz umschaute. Erst jetzt fiel Kate auf, wie viele Bilder von Lucy und Greg ihr Büro schmückten. Die von Greg musste sie möglichst bald entfernen. Aber nicht jetzt, dazu war nun wirklich keine Zeit!

Schleunigst machte sie sich an die Arbeit und durchsuchte all ihre Unterlagen und steckte die wichtigsten davon in die von ihr mitgebrachte Mappe. Als sie gerade bei der untersten Schublade angekommen war, raunte Pete ihr plötzlich zu. „Ich höre etwas. Da kommt jemand!"

Nun lauschte auch Kate. Tatsächlich, es befand sich jemand im Flur. Sie konnte Stimmen hören, die sich unterhielten. Schnell löschten sie alle Lichter.

Kurz darauf wurde die Tür zu dem Großraum geöffnet, die Kate ungeschickterweise nicht wieder verschlossen hatte. Ein Gefühl sagte Kate, dass sie aus ihrem Büro möglichst schnell verschwinden mussten und so zog sie Pete in die nächste Arbeitsnische direkt neben der ihren. Hier kauerten sich die beiden in die Ecke unter den Schreibtisch und achteten gespannt auf jedes Geräusch. Zugegebenermaßen war es keine große Überraschung, als sie kurz darauf die Stimme von Hank Goblin und Riley Cook erkannte, die sich im Flüsterton, aber nicht wirklich leise, unterhielten. Schließlich wusste sie mittlerweile, dass die beiden fast jeden Abend hier her kamen. Warum auch immer…

Nun hörten Pete und Kate, wie die Belauschten

tatsächlich direkt auf Kates Bürowabe zusteuerten. Kate war fassungslos und suchte nervös nach Petes Hand, die sie zur Beruhigung fest drückte. Bisher konnten sie nicht viel verstehen, was gesprochen wurde, aber so wie Riley Cook kicherte, schien zumindest sie schon einen im Tee zu haben oder doch erst zwölf Jahre alt zu sein.

Eng aneinander gekauert lauschten Kate und Pete gespannt und eine Weile schien gar nichts zu passieren, bis auf einmal die Wände der Bürozelle wackelten, als wäre wirklich ein Erdbeben der Stärke Neun im Gange. Kate konnte Pete nicht sehen, merkte aber, dass auch sein Körper sich vor Anspannung versteifte.

Kurz machte sich in Kate das Gefühl der Panik breit und sie krallte angsterfüllt ihre Finger in Petes Arm, bis beide gleichzeitig merkten, dass das Wackeln nicht das Geringste mit einem Erdbeben zu tun hatte.

Vieles hatte sie sich vorher ausgemalt, was heute passieren könnte, aber ihrem mittlerweile verhassten Chef Goblin und ihrer jungen Konkurrentin beim Sex zuzuhören, war außerhalb ihres Vorstellungsvermögens gewesen. Obwohl offensichtlich war, dass Goblin die wesentlich jüngere Kollegin umgarnte wie eine Spinne ihren Fang.

Als Kate merkte, was dort vor sich ging, öffnete sie zuerst den Mund, um tonlos ein „Wow“ zu formen, hielt sich dann die Hand vor den Mund, um nicht kichern zu müssen und war schon kurz darauf von Ekel erfüllt.
Empört kniff sie Pete in die Seite und war gespannt auf dessen Reaktion. Dieser schüttelte nur den Kopf und

drückte ihre Hand, als Zeichen ruhig zu bleiben. Kates Missmut steigerte sich von Sekunde zu Sekunde.

Immer klarer wurde ihr, dass die beiden es wirklich auf ihrem Schreibtisch trieben. Absichtlich! Diese Schweine! Nicht genug damit, dass sie Greg gerade vorgestern in ihrem Ehebett mit seiner Geliebten erwischt hatte, nun trieb es auch noch ihr Boss auf ihrem Arbeitsplatz mit der neuen Mitarbeiterin! Kate schäumte fast über vor Wut und Pete legte nun beruhigend seine Hand auf ihrem Arm.

Die Geräusche aus der Kabine nebenan waren geradezu animalisch. Hank hört sich an wie ein alter Eber, der in regelmäßigen Abständen tiefe Grunzlaute von sich gab und Riley quiekte unter ihm dazu wie ein kleines Ferkelchen.

Igitt! Kate war angewidert. Ein Blick zu Pete verriet ihr, dass er dies nicht minder widerwärtig fand. Sonst hätte sie es sich ja einigermaßen erotisch vorstellen können, einem anderen Paar beim Sex zuzuhören, aber dies hatte nichts mit Erotik zu tun. Es war das komplette Gegenteil.

Kurz, nur sehr kurz, war Kate dazu geneigt, aus ihrem Versteck hervorzuspringen und auch diese beiden in flagranti zu ertappen, beschloss dann aber, dass es die Mühe nicht wert war. Außerdem wollte sie ja wissen, wie das Ganze weiter ging.

Ein lauter, abschließender Grunzer von ihm und ein leises Quicken von ihr kündigten das Ende des Geschlechtsakts an, worauf nur noch schweres Atmen

von beiden zu vernehmen war.
Kurz darauf vernahm sie Hanks Stimme: „Wir können doch auch mal woanders hingehen, Honey."

„Nein, das hier gefällt mir", gab die sonst so zurückhaltende Riley nun selbstbewusst von sich. „Am liebsten hätte ich noch Zuschauer", fügte sie dann noch zu Kates Überraschung hinzu, die feststellen musste, das Riley Cook bei weitem nicht so schüchtern war, wie Kate vermutet hatte, sondern es offensichtlich faustdick hinter den Ohren hatte.

Wieder spürte sie Petes Händedruck, der ihr erneut bedeutete, ruhig zu bleiben. Kate nickte ins Dunkel, wusste aber, dass Pete genug sehen konnte, um dies zu erkennen. Zu peinlich wäre es jetzt gewesen, von den beiden Turteltäubchen entdeckt zu werden und dabei auch noch Miss Cooks insgeheime Sexwünsche zu erfüllen.

Nun hörten sie wie jemand die Schubladen an Kates Schreibtisch auf und zu schob und die Tischlampe wieder angeschaltet wurde.

Sie durchsuchen meinen Schreibtisch, dachte Kate entsetzt, als sie Goblins Stimme vernahm: „Ich frage mich, ob sie in der Zwischenzeit nochmal hier war. Es fehlen einige der wichtigen Entwürfe." Nach einer kurzen Pause fügte er noch an: „Von den meisten Dokumenten habe ich ja schon Kopien gemacht."

Hierauf ertönte Rileys Stimme mit einem zuckersüßen Unterton: „Meinst du denn, ich bekomme den Bonus, Hanky?"

Hanky?

„Natürlich, Honey, das entscheide ja ich! Und von diesem Deal habe ich genug Geld abgezwackt, das es für einen besonders dicken Bonus reicht. Für uns beide." Hierauf erfolgte ein lautes Schmatzen von einem feuchten Kuss.

Geld abgezwackt?

Nun wackelten wieder die Wände und Kate befürchtete kurz, dass „Hanky und Honey" gleich noch einmal über einander herfallen würden.

„Du bist so schlau, Hanky", hörten sie dann wieder die Säuselstimme. „Wie machst du das bloß?"

In dem Moment tippte Pete sie aufgeregt an und machte Zeichen, dass sie ihr Mobiltelefon herausholen sollte. Erst verstand Kate nicht ganz, dann zückte sie aber schnell ihr Handy und drückte sogleich die Tonbandfunktion, um das Gespräch aufzunehmen und wurde hierfür reichlich belohnt mit Hanks folgenden Worten: „Das ist eigentlich ganz einfach, Schätzchen. Von jedem Vertragsabschluss nur ein oder zwei Prozent in meine Tasche und über die Jahre häuft sich da ein ganz schön ansehnliches Sümmchen an."

„Du bist einfach genial", kam es nun bewundernd von ihr zurück und Kate konnte nicht glauben, was sie da eben gehört hatte. Ein oder zwei Prozent von jedem erfolgreichen Deal über die letzten zehn Jahre, das war bei einem Jahresumsatz von mindestens zwanzig Millionen eine ganze Menge Geld. Kate war sprachlos und Pete schüttelte auch nur den Kopf.

Was sie hier eben herausgefunden hatten, war unglaublich und sie hatte Hanks Worte auf ihrem Handy aufgenommen! Was für eine geniale Idee von Pete!

Noch etwa fünfzehn Minuten mussten Pete und Kate unter den Tisch verharren, bis sich die beiden Betrüger endlich auf den Weg machten. Wahrscheinlich um wieder in einem der besten Restaurants von San Francisco zu Abend zu essen. Finanziert mit unterschlagenem Geld der Firma.

Langsam krochen sie aus ihrem Versteck und fielen sich sogleich in die Arme.

„Das ist ja wohl der Hammer, Kate“, gab Pete euphorisch von sich. „Hast du das wirklich aufgenommen?“, wollte er dann sogleich wissen und Kate drückte zum Test auf die Wiedergabetaste.

Etwas leise, aber durchaus klar und deutlich vernahmen sie daraufhin Goblins Stimme, wie er den unglaublichen Betrug an seiner Firma verkündete. Kate hatte unschlagbares Beweismaterial in den Händen und war sich in dem Moment dem Ausmaß der Situation noch gar nicht bewusst. Pete hingegen war dies gleich klar, als er ausrief: „Der ist geliefert, der Arsch!“ und sich sichtlich über ihren Erfolg zu freuen schien.

„Gut gemacht, Schöne“, sagte er nun zu Kate und umarmte sie erneut. „Den hast du jetzt voll in der Hand.“

Mit einer gewissen Genugtuung und einem guten Gefühl im Bauch verließen sie das Gebäude wieder und Kate war froh, dass Pete sie auf dieser Mission begleitet hatte.

23

Um kurz vor neun Uhr traten sie wieder auf die Straße und Kate zückte sogleich ihr Handy, um Lucy anzurufen. Das ganze Manöver hatte doch länger gedauert, als sie gedacht hatte.

„Lucy, ich bin in einer halbe Stunde zuhause. Es steht noch etwas Lasagne im Kühlschrank, wenn du schon Essen willst."

Lucy versicherte ihrer Mutter allerdings, dass alles okay sei und sie sich mit Charlie gerade eine Pizza in den Ofen geschoben hatte. Ihre Tochter war wirklich kein kleines Kind mehr, musste Kate einmal mehr feststellen.

Als sie kurz darauf bei der Anstalt für öffentliches Wohnen ankamen, die bereits um diese Uhrzeit ihre Türen verriegelte, ging Pete kurz hinein und zog sich um, während Kate draußen auf ihn wartete und das ganze Elend der vielen Obdachlosen zum ersten Mal hautnah miterlebte.

Es war erschütternd, wie viele Familien mit jungen Kindern, ältere Menschen und offensichtlich stark

drogenabhängige Menschen in die Behausung gingen.
Als Pete wieder hinauskam, trug er seine gewöhnlichen Anziehsachen und drückte Kate den schicken Anzug mit den Worten: „Der wird mir hier eh nur geklaut“ in die Hand. Kate fühlte sich hundeelend, ihn hier allein zurückzulassen, obwohl er hier schon fast seit zwei Jahren ein-und ausging.

Das ist sein Zuhause, dachte sie bedrückt.

„Ich kann dich doch hier nicht einfach zurücklassen“, gab Kate nun verzweifelt von sich, da Pete ihr auch noch gestanden hatte, dass ihm oft eine Parkbank lieber war als das überfüllte Obdachlosenheim.

„Kate, es ist schon okay. Du hast mir ja angeboten, dass ich auch bei euch übernachten könnte. Aber ich glaube, das wäre echt nicht gut für Lucy: Ihr Vater zieht an einem Tag aus und schon am nächsten zieht ein völlig Fremder bei euch ein.“

„Ich weiß“, gab Kate nun traurig von sich und blickte auf den Fußboden. Er hatte recht. Pete fasste ihr sachte an das Kinn und hob ihren Kopf an, so dass sie sich in die Augen blickten.

Jetzt ist es soweit. Wir werden uns küssen, dachte Kate und schloss die Augen. Sie wäre bereit gewesen, Pete nahm sie jedoch nur fest in den Arm, um sich zu verabschieden.

„Du weißt, wo du mich morgen findest“, hauchte er ihr ins Ohr und gab ihr nur einen zaghaften Kuss auf die Wange.

Pete konnte sie nicht zu ihrem Wagen begleiten, da das Heim zu dieser Jahreszeit schon früh seine Pforten schloss und Kate darauf bestanden hatte, ihn dort abzuliefern, teils aus Neugierde, teils, um sicher zu sein, dass er wirklich ein Dach über dem Kopf hatte in dieser kalten Nacht.

Kate drehte sich nun abrupt um und machte sich auf den Weg zu ihrem Auto. Sie zwang sich, nicht zurückzublicken, sie hätte es nicht verkraftet, Pete dort hineingehen zu sehen.

Den kurzen Fußweg zu ihrem Wagen schwebte sie förmlich wegen der vielen Schmetterlinge in ihrem Bauch.

Mittlerweile war sie sich nicht mehr sicher, ob sie sich nicht doch ein wenig in Pete verliebt hatte.

24

Als Kate wieder zuhause ankam, begegnete sie noch Charlie, der gerade dabei war, sich von Lucy zu verabschieden. Die beiden waren wirklich harmonisch miteinander und Kate freute sich für ihre Tochter, einen so lieben Freund gefunden zu haben. Sie mochte Charlie und obwohl sie ihn erst drei Tage kannte, hatte sie ihn schon richtig ins Herz geschlossen.

Lucy konnte es kaum abwarten, von den Ereignissen im Büro zu erfahren und so setzten sie sich mit einem Glas Rotwein und einer heißen Schokolade an den Küchentisch und Kate berichtete von dem spannenden Abend, das kleine Schäferstündchen von Hank und Cook ließ sie geflissentlich aus.

Auch Lucy war sprachlos über die Dreistigkeit ihres Chefs. Da leistete dieser noch nicht einmal die beste Arbeit und hinterging dann auch noch die Firma.

„Und was machst du jetzt?“, fragte Lucy wissbegierig.

„Das weiß ich auch noch nicht ganz“, gab Kate ehrlich zurück. „Pete und ich wollen morgen einen Schlachtplan entwerfen." Nach einer kurzen Pause, fügte sie noch streng hinzu: „Ungeschoren wird er natürlich nicht davon kommen. Ich muss mir nur überlegen, was der beste Weg ist, ihm eins reinzudrücken."

„Gut so", rief Lucy begeistert aus und blickte ihre Mutter dann an.

„Wo ist Pete eigentlich?", kam dann ihre überraschende Frage.

„Den habe ich im Obdachlosenheim abgeliefert", erwiderte Kate und man konnte ihre unterschwellige Traurigkeit darüber heraushören.

„Von mir aus hätte er ruhig hier übernachten können", kam es dann unerwartet von Lucy zurück.

„Wirklich?", fragte Kate ungläubig.

„Klar, ich finde ihn cool", erwiderte sie sogleich und fügte dann noch selbstverständlich hinzu: „Ich merke doch, dass du ihn besonders magst."

Ungläubig starrte Kate ihre Tochter an. Konnte es wirklich sein, dass diese ihre Gefühle besser deuten konnte als sie selbst?

Um von dem Thema abzulenken fragte sie Lucy nun: „Was ist eigentlich mit deinen Freundinnen? Haben die sich mittlerweile beruhigt wegen Charlie?"

„Leider nicht", antwortete Lucy nun niedergeschlagen. „Die meisten machen immer noch einen großen Bogen um mich. Sie reden nur das nötigste mit mir, Hannah spricht gar nicht mehr mit mir." Kurz hing sie ihren Gedanken nach, bevor sie weitersprach: „Außerdem redet Hannah schlecht über mich, das habe ich schon selber

gehört und andere haben es mir auch gesagt".
Für Kate war klar, dass Hannah das absolute Alphatier in der Mädchengruppe war und viele alles machten, was sie sagte. Wie Lucy bis vor kurzem noch. Plötzlich hatte sie eine Idee.

„Was hältst du davon, wenn wir am Wochenende deine anderen Freundinnen hierher zum Übernachten einladen. Also, ich meine alle außer Hannah, oder alle, die dir besonders am Herz liegen."

Als Lucy nicht gleich antwortete, sprach Kate weiter: „Wir könnten bowlen gehen und anschließend hier was kochen und fernsehen. Oder besser gesagt ihr könnt das machen, ich muss ja nicht dabei sein."

Als sie ihre Tochter wieder anblickte, sah diese sie mit strahlenden Augen an.

„Das würdest du echt machen?", fragte sie begeistert.

„Das wäre der Hammer", in Gedanken schien Lucy das Wochenende schon zu planen, als sie kurz darauf sagt: „Du bist echt klasse, Mama!"

Als sie sich daraufhin umarmten, sagte sie noch etwas, dass Kate stutzig machte, aber auch glücklich stimmte: „Irgendetwas ist mit dir passiert über das Wochenende, Mama. Du hast dich total verändert."

Wie recht sie hatte!

25

Als Kate am nächsten Morgen in der Küche stand und das Frühstück für sie und Lucy zubereitete, klingelte es überraschend an der Tür.

Kate blickte auf die Uhr: 7 Uhr 23. Das war ungewöhnlich.

Ein neugieriger Blick aus dem Fenster konnte ihr nicht mehr Aufschluss über den morgendlichen Besucher geben, also öffnete sie langsam die Haustüre.

„Guten Morgen, sind Sie Miss Hunter?“ vernahm sie nur eine Stimme, da sie die Person hinter einem überdimensional großen Blumenbukett nicht sehen konnte.

Als sie dies bestätigte, sagte der sprechende Blumenstrauß: „Dann sind diese hier sind für Sie“, und sie übernahm den gigantischen Strauß roter Rosen.

Als sie damit in die Küche trat, erriet Lucy sogleich den Absender: „Papa will sich wieder mit dir vertragen“, sagte sie und griff nach der größten Vase im Regal. „Das hat er mir schon gestern am Telefon gesagt“, sprach sie nun weiter und ließ Wasser in die Vase laufen. Für sie schien dies gar keine Überraschung zu sein.

Kate hingegen war wie gelähmt und blickte starr aus dem Fenster, während Lucy ihr die Blumen abnahm und stattdessen eine Karte in die Hand drückte, die an den Rosen gehangen hatte.

Wieder vertragen? dachte Kate irritiert, als hätten sie nur einen kleinen Streit gehabt, der sich so einfach klären und vor allem vergessen lassen würde.

Wieder sah sie die widerliche Szene in ihrem Schlafzimmer vor sich und wusste nicht, wie lange sie brauchen würde, um Greg verzeihen zu können… wenn sie dazu überhaupt jemals in der Lage sein würde.

Während sie noch bewegungslos am Fenster stand, erblickte sie Amanda und Dave auf der anderen Straßenseite und beobachtete das Ehepaar nun gespannt. Gerade umarmten sich die beiden und verabschiedeten sich innig, als wäre die Welt völlig in Ordnung und nie etwas vorgefallen. Entweder ihre Nachbarn hatten sich innerhalb von vierundzwanzig Stunden schon wieder vertragen oder, was Kate eher vermutete, Dave hatte sie gar nicht darauf angesprochen.

Das sieht ihm ähnlich, diesem Weichei, dachte sie erbost und wieder einmal fiel ihr die Oberflächlichkeit der Menschen um sie herum auf. Warum war ihr dies nicht vorher schon aufgefallen?

Es war zugegebenermaßen nicht der beste Gemütszustand, in dem sie sich gerade befand, um die

Karte von Greg zu öffnen, denn selbst der Anblick der goldenen Kette mit einem Herz aus Brillanten, die sich darin befand, erfüllte sie nur mit Wut.

Die Kette und der Anhänger waren zugegebenermaßen wunderschön, Greg hatte bei so etwas schon immer einen guten Geschmack gehabt, aber warum musste alles immer so übertrieben sein? Für die Kette hatte er bestimmt einiges an Geld hingelegt. Als könnte Geld alle Probleme lösen.

Auch der Strauß. Mindestens fünfzig üppige rote Rosen mussten das sein, wenn nicht mehr und natürlich mit goldenem Glitter besprenkelt.

Irgendwie einen Tick zu kitschig und wahrscheinlich noch echtes Gold, dachte Kate und merkte, dass sie seine übertriebene Aufmerksamkeit eher ärgerte als freute.

„Nun lies doch endlich die Karte, Mama!", hörte sie da Lucys Stimmer hinter sich.

Das war eine dieser blöden, vorgedruckten Karten mit einem schmalzigen Liebesgedicht, unter das er die Worte gekritzelte hatte:

Ich liebe Dich immer noch!
Bitte verzeih mir!
Greg

Ohne einen Kommentar legte sie die Karte samt Kette auf den Küchentisch, blickte zur Uhr und sagte etwas zu kühl zu Lucy: „Komm, es ist höchste Zeit. Wir müssen los."

„Wie? Das ist alles, was du zu sagen hast?“, fragte Lucy nun entrüstet.

„Was sagst du zu Papas Geschenk? Werdet ihr euch wieder vertragen?“, wollte sie nun weiter wissen.

Nun nahm Kate ihre Tochter in den Arm, die sich wahrscheinlich nichts sehnlicher wünschte, als Mama und Papa wieder vereint zu sehen, obwohl sie Greg für seine Taten auch schwer verurteilte.

„Das ist nicht so einfach, Liebes“, erklärte ihr Kate nun sanft, während sie ihr über den Kopf strich. „Was Papa gemacht hat, lässt sich nicht so einfach aus der Welt schaffen.“

„Ich weiß“, gab Lucy nun leise von sich und Kate befürchtete, dass sie gleich anfangen würde zu weinen.

Nun gab sich Kate noch einen Ruck und sprach ihre wahren Gedanken aus:

„Lucy, außerdem hat sich in den letzten Tagen einiges verändert. Ich weiß gar nicht, ob ich deinen Vater noch zurück haben möchte. Ehrlich gesagt, weiß ich momentan noch nicht einmal, ob ich mein bisheriges Leben so weiterführen möchte…“

Eigentlich hatte sie nun mit Lucys Protest gerechnet, bekam von ihr aber nur ein: „Ich weiß…“ zu hören und wusste, dass ihre Tochter zumindest etwas verstanden hatte, worum es hier ging.

Was sie nicht wissen konnte, war, dass Greg durch Kates horrendes Einkommen bisher ein durchaus einfaches, unkompliziertes Leben hatte. Mit seinem

Gehalt als mittelmäßig erfolgreicher Immobilienmakler steuerte er nur einen Bruchteil zu ihrem Haushaltsgeld bei. Für ihn würde sich nach einer Trennung einiges ändern, daher ging Kate davon aus, dass auch ein Großteil Berechnung hinter den Blumen und der Karte steckte.

Wahrscheinlich kann er sich dann bald zu Pete auf die Parkbank setzten, dachte Kate noch nicht einmal zu gehässig und beschloss, ihm die Kette zurückzugeben.

26

Den Weg in die Innenstadt legte Kate an diesem Morgen in Schallgeschwindigkeit zurück, wie es ihr vorkam. Sie konnte es kaum erwarten, Pete zu sehen und mit ihm zu besprechen, wie sie am besten vorgehen sollte wegen Hank, dessen Betrug und überhaupt allen Neuigkeiten im Büro.

Nie hätte sie gedacht, in Pete so einen wertvollen Ratgeber zu finden, für fast alle Lebenssituationen. Bei dem Gedanken an ihn, musste sie lächeln und beschleunigte automatisch ihren Schritt etwas.

Fast war sie vor ihrem Büro angekommen und blickte schon die ganze Zeit zu der Parkbank, auf der Pete jeden Morgen saß. Er gehörte schon zum Erscheinungsbild dieser Straße dazu.

Doch heute war die Parkbank leer. Pete war nirgends zu sehen.

Nun trat Kate direkt vor die Bank und betrachtete diese und die Umgebung genauer, konnte aber keinerlei Anzeichen von Pete erkennen. Als wäre er nie hier

gewesen. Hätte nie existiert.
Damit hatte sie nicht gerechnet. Das brachte ihre ganze Planung durcheinander.

Erschöpft von ihrem übereilten Spurt hierher, ließ sie sich erst einmal selbst auf die Parkbank fallen und hoffte, Pete doch noch irgendwo zu erblicken.

Dieser war jedoch nirgends zu sehen, stattdessen sah sie einige Kollegen geschäftig in das Bürogebäude eilen und erblickte dann auch Hank Goblin, der telefonierend und strammen Schrittes auf den Eingang zusteuerte. Kurz überlegte sie, ob sie sich verstecken sollte, jedoch schienen all die geschäftigen Businessmenschen ihre Außenwelt gar nicht richtig wahrzunehmen. Niemand blickte zu ihr hinüber, als wäre sie Luft.

Sehe ich sonst morgens auch so aus? fragte sich Kate. *Wie ein Zombie auf dem Weg zur Arbeit,* und merkte erneut, wie dringend sie mit Pete sprechen musste.

Seine Anwesenheit war so selbstverständlich geworden, dass sie diese nun umso mehr vermisste. Noch nicht einmal ein Telefon hatte er, auf dem sie ihn hätte anrufen können.

Kurz entschlossen sprang sie wieder auf und schlug den Weg Richtung Obdachlosenheim ein. Dort würde sie ihn sicherlich finden, oder man konnte ihr hoffentlich sagen, wo er sich aufhielt. Bei dem schmucklosen Gebäude angekommen, blickte sie sich zuerst etwas hilflos um und wusste nicht recht, ob sie hineingehen sollte. In ihrem schicken Kostüm, übergroßer Chanel-

Handtasche und hochwertigem Schmuck war klar, dass sie überall, nur nicht hierher gehört.

Was soll's, sagte sie zu sich selbst und nahm den siffigen Türknopf in die Hand.

Im Inneren der Obdachlosenunterkunft, fiel ihr als erstes der unangenehme Geruch auf. Es roch nach einer Mischung aus verkochtem Kohl, Desinfektionsmittel und noch irgendetwas Säuerlichem, das sie nicht definieren konnte. Kurz musste sie dem Instinkt widerstehen, sich angewidert die Nase zuzuhalten, um nicht noch mehr aufzufallen.

Auf einen Blick konnte sie erkennen, warum Pete es hier nie lange aushielt und lieber eine Nacht unter freiem Himmel bevorzugte. Das Obdachlosenheim war in einem ziemlich desolaten Zustand, das konnte man sofort sehen. Das ursprünglich einmal schöne Parkett war an vielen Stellen hoffnungslos beschädigt und nur mit einfachen Holzbrettern überdeckt. Von der Decke hingen meist nur kahle Glühbirnen, die Wände waren übersäht mit Wasserflecken und an vielen Stellen löste sich die Tapete schon ab.

Kein Wunder, dass es eine Bürgerinitiative gab, die sich für eine neue Unterkunft für Obdachlose einsetzte. Dieses Heim war eine Zumutung!

Kate blickte sich weiter in dem dämmrigen Licht um und beobachtete eine Weile drei verschmutzte Kinder, die glücklich mit einem Pappkarton spielten.

Dann erblickte sie eine Art Tresen, über dem ein Schild „ormati“ hing, was wohl ehemals „Information“

gelautet hatte. Entschlossen ging sie darauf zu.

Eine völlig zahnlose, alte Dame, die Kate auf mindestens hundertzwanzig Jahre schätzte, blickte ihr forsch entgegen.

„Was gibt's denn, Kleines?", fragte sie diese nun.

„Ich suche einen Bekannten", fing Kate unbeirrt an zu sprechen. „Pete Kidwell oder Peter Kidwell, der hier wohnt. Ich kann ihn nicht finden und hoffe, Sie können mir weiterhelfen."

„Ja natürlich, Pete kenne ich", gab die alte Dame nun von sich und Kate fiel ein Stein vom Herzen. Hier war sie an der richtigen Stelle, hier würde man ihr weiterhelfen können.

Die Empfangsdame, wenn man sie so nennen konnte, wandte sich nun einem Computer zu, der in der veralteten Umgebung wirkte wie etwas Außerirdisches, und tippte darauf herum.

„Pete hat aber gestern hier nicht eingecheckt", gab sie nun zu Kates Verwunderung von sich.

„Der hat heute Nacht nicht hier übernachtet, Miss", sagte sie nun und blickte Kate wieder direkt an.

„Das kann aber doch gar nicht sein. Ich habe ihn doch selbst hier abgeliefert", sprach Kate nun mehr zu sich selbst. In Gedanken sah sie den gestrigen Abend wieder vor sich: Ihren Abschied, den Beinahe-Kuss, das kribbelnde Gefühl in ihrem Bauch und… dass sie sich nicht mehr umgedreht hatte. Zugegebenermaßen konnte sie nicht hundertprozentig sagen, ob Pete wirklich in das Gebäude gegangen war.

„Vielleicht hat er es sich doch noch anders überlegt“, gab ihr Gegenüber nun von sich und Kate musste feststellen, dass „Mary“, wie ihr Namensschild verriet, doch weitaus jünger sein musste, als sie vermutet hatte.

Plötzlich erhellten sich ihre Augen und sie blickte Kate forsch an: „Sind Sie etwa die Lady, von der Pete seit Wochen spricht?“

„Nein. Seit Wochen? Das kann nicht sein. Ich kenne ihn ja erst seit ein paar Tagen…“, gab Kate nun von sich, aber Mary unterbrach sie und beharrte: „Natürlich müssen Sie das sein. Er hat Sie genau beschrieben. Seit Wochen schwärmt er von Ihnen, Miss.“
Kate war verwirrt.

„Vielleicht kennen Sie ihn erst seit ein paar Tagen, aber er kennt Sie schon lange, glauben Sie mir“, fügte Mary nun bestimmt hinzu.

Immer noch irritiert blickte Kate sie an, als diese abschließend sagte: „Leider kann ich Ihnen nicht sagen, wo er sich gerade aufhält, aber ich werde ihm ausrichten, dass Sie hier waren, Miss.“

„Danke“, konnte Kate nur sagen, während sie immer noch über ihre Worte nachdachte.

Seit Wochen?, das konnte doch gar nicht sein.

Niedergeschlagen wandte sie sich zum Gehen und lief durch den trostlosen Raum wieder zum Ausgang, als sie die kratzige Stimme von Mary wieder hinter sich vernahm:

„Miss. Warten Sie!“, hörte sie diese rufen, drehte sich unverzüglich um und blickte sie erwartungsvoll an.

„Ich habe hier einen Anruf. Es geht um Pete“, rief ihr diese zu, während sie den Telefonhörer an ihr Ohr presste und die Sprechmuschel mit der anderen Hand zuhielt.

„Oh, mein Gott“, gab Mary nun leise von sich und hörte weiter zu. Ihre Gesichtsfarbe, die mit einem Mal so weiß war wie die Wand, verhieß nichts Gutes.

Erschrocken eilte Kate wieder zurück und als sie vor dem Tresen stand, beendete Mary das Gespräch gerade und sagte dann an Kate gewandt: „Das war die Notaufnahme vom Saint Francis Krankenhaus. Pete wurde dort heute Morgen eingeliefert.“ Nun blickte sie Kate in die Augen: „Es sieht nicht gut aus, Miss“, brachte sie nur noch heraus, bevor sie ein Taschentuch zückte und sich die Tränen aus den Augen wischte.

Kate spürte, wie ihre Beine weich wurden und drohten ihren Dienst zu versagen. „Wissen Sie etwas Genaues?“, hörte sie sich selbst aus weiter Ferne fragen.

„Nein, nähere Informationen werden nur an Familienangehörige weitergegeben!“, sagte Mary daraufhin und blickte Kate verzweifelt an. Die alte Dame schien Pete auch sehr ins Herz geschlossen zu haben.

„Ich werde sehen, was ich machen kann“, gab Kate nun weitaus zuversichtlicher von sich, als sie wirklich war. Hierauf bedankte sie sich noch einmal bei Mary und verließ schleunigst das entsetzliche Gebäude.

Schnellen Schrittes lief sie zurück zu ihrem Wagen, gab gleichzeitig im Büro Bescheid, dass sie auch heute noch nicht in der Lage war, wieder zum Arbeiten zu kommen, was noch nicht einmal gelogen war.

Pete ist im Krankenhaus, das kann doch unmöglich wahr sein. Was ist letzte Nacht geschehen? fragte sie sich immer wieder.

Endlich bei ihrem Auto angekommen, ließ sie ihren Tränen freien Lauf und musste sich erst einmal ein paar Minuten beruhigen, bis sie sich sicher genug fühlte, Auto zu fahren.

Langsam kämpfte sie sich durch den morgendlichen Berufsverkehr und verfluchte die überfüllten Straßen von San Francisco. Wahrscheinlich wäre sie zu Fuß schneller dort gewesen. Gute dreißig Minuten, aber gefühlte Stunden, später erreichte sie das Saint Francis Krankenhaus.

.

27

Seit über zwei nervenaufreibenden Stunden versuchte Kate die sture und immer unfreundlicher werdende Rezeptionistin im Saint Francis Krankenhaus zu überreden, sie zu Pete oder zumindest auf die Station zu lassen, auf der er lag. Bisher hatte sie keine Ahnung, was vorgefallen war und wie es ihm ging.

Die Ungewissheit machte sie fast wahnsinnig. Da Pete auf der chirurgischen Station lag, ging sie davon aus, dass er operiert werden musste und ihr Bangen um ihn wurde minütlich schlimmer.

Ungeduldig lief sie im Gang vor der Chirurgie auf und ab, bis sie eine junge Krankenschwester aus dem Operationsbereich kommen sah.

Die Schwester sah nett und offenherzig aus und so lief Kate auf diese zu und sprach sie an: „Entschuldigen Sie, wissen Sie, wie es Peter Kidwell geht?“

„Sind Sie seine Ehefrau?“, kam gleich die spontane Frage zurück von der wirklich gutmütig wirkenden Krankenpflegerin.

„Ja, das bin ich“, gab Kate ohne ein geringstes Zögern von sich.

„Dann kommen Sie mit“, sagte die Schwester und öffnete mit einem Code erneut die schweren Flügeltüren. „Er ist gerade im Aufwachraum. Folgen Sie mir“, sprach sie weiter, während sie durch einen sterilen Korridor liefen.

Die Schwester führte Kate in einen Raum in dem etwa zwanzig Betten standen, alle nur durch einen dürftigen Plastikvorhang voneinander getrennt, auf denen Patienten in unterschiedlichen Aufwachphasen lagen.

Als man sie vor Petes Bett führte, war sie entsetzt über dessen Anblick: Er schien noch in Vollnarkose zu sein, sah aus wie tot, hatte einen dicken Verband um den Kopf und alarmierend viele piepsende Geräte neben seinem Bett stehen.

Kate musste sich am Rahmen des Bettes festhalten, um nicht umzukippen, als ein Arzt neben sie trat und sie ohne Umschweife ansprach: „Guten Tag, ich bin Doktor Bruce und habe Herrn Kidwell gerade operiert“.

Er war noch jünger, vielleicht Anfang dreißig und blickte sie unvermittelt an.

„Bitte sagen Sie mir nicht auch, dass Sie seine Ehefrau sind, denn ich weiß, dass Herr Kidwell obdachlos ist und unter freiem Himmel geschlafen hat. Sonst wäre es hierzu wohl nicht gekommen.“

Gerade seine letzten Worte machten Kate zu schaffen, da sie ihn nicht mit zu sich nach Hause genommen hatte, in ihre Villa, in der zwei unbenutzte warme und saubere

Betten für ihn bereit gestanden hätten.

„Ich bin eine sehr gute Freundin von ihm", gab Kate nun leise zurück und sah dem Blick des Arztes an, dass er ihr dies nicht so ganz abnahm.

Offensichtlich gehörte Kate der obersten Schicht von San Francisco an.

Dieser ließ seinen Blick über sie schweifen und fragte dann nur: „Sie sind aber nicht von der Zeitung, oder?" Ohne ihre Antwort abzuwarten, fügte er noch hinzu: „Momentan müssen Sie sich noch etwas gedulden, bis Mr. Kidwell sich wieder erholt hat und auch dann können ihn nur Verwandte besuchen. Es sei denn er, wünscht den Besuch", nun machte er eine Pause, blickte zu Pete und machte unmissverständlich klar: „Da kann ich Ihnen aber nicht sagen, wie lange das dauern wird."

„Was ist denn überhaupt passiert?", wollte Kate wissen.

„Hören Sie denn keine Nachrichten?"

„Eigentlich schon, aber heute noch nicht", gab Kate nun zurück.

„Dann sollten Sie dies lieber mal tun", erwiderte der Arzt nun kalt, nickte ihr noch einmal zu und drehte sich um, um sich dem nächsten Patienten zu widmen. Kate spürte, dass er sie nicht besonders mochte.

Kurz blieb sie noch am Bettende stehen und betrachtete Pete.

Auf einmal machte sich eine Welle von Angstgefühl in ihrem Körper breit und ihr wurde klar, dass sie ihn auf keinen Fall verlieren durfte.

Kate blickte sich in dem sterilen Raum um und sah die vielen Geräte, die Menschen am Leben erhalten sollten. Geschäftig lief das Krankenhauspersonal um sie herum, ohne sie wirklich wahrzunehmen.

Kate fühlte sich hilflos und dem Schicksal völlig ausgeliefert, das sich mit jedem Blinzeln ändern konnte. Schweren Herzen verließ sie den Aufwachraum und das Krankenhaus.

28

Auf der Fahrt nach Hause schaltete Kate sofort das Radio ein und hörte die Nachrichten. Es kam gleich in den Top-Meldungen und war schockierend: In der letzten Nacht hatte es erhebliche Ausschreitungen in der Innenstadt von San Francisco gegeben und viele Übergriffe auf Menschen, die auf der Straße lebten.

Über zwanzig Obdachlose wurden mit leichten und zum Teil schweren Verletzungen ins Krankenhaus gebracht. Pete gehörte wohl leider zu zweiteren.

Kate machte sich immer größere Vorwürfe, dass sie Pete nicht mit zu sich nach Hause genommen hatte.

Obwohl er schon lange obdachlos war und sie wusste, dass ihm so etwas hätte ständig passieren können, fühlte sie sich irgendwie verantwortlich dafür, was ihm letzte Nacht passiert war. Wahrscheinlich war es ihr schlechtes Gewissen über ihre generelle Ignoranz den Menschen gegenüber, die auf der Straße lebten.

Niemals hatte sie sich wirklich Gedanken darüber gemacht, in welchem Elend diese Heimatlosen lebten, welchen Gefahren sie ausgesetzt waren und wie viele es von ihnen gab. Die meisten waren Menschen wie sie, mit denen es das Schicksal nicht gut gemeint hatte.

In dem Obdachlosenheim hatte sie so viele Kinder, alte und kranke Bewohner gesehen, die einfach nicht dorthin gehörten. Andererseits mussten sie froh sein, dass es solche Unterkünfte überhaupt gab.

Kate beschloss, sich zuhause gleich die Bürgerinitiative zur Verbesserung der Obdachlosigkeit genauer anzuschauen, die sie bisher nur belächelt hatte.

Noch immer in Gedanken versunken, fuhr sie durch Pacific Heights und obwohl es schon dämmerte, sah sie Gregs Wagen schon von weitem in der Einfahrt ihrer Zitronenvilla stehen. Als wäre nichts geschehen, stand er da und Kate parkte auch -wie immer- ihren Mercedes dahinter.

Kate war zu ausgelaugt, um sich darüber Gedanken zu machen oder aufzuregen und betrat völlig emotionslos das Haus. Gleich als sie über die Türschwelle trat, roch sie den köstlichen Duft, der das ganze Haus erfüllte und ein Blick in die Küche bestätigte ihre Vermutung. Vater und Tochter hatten zusammen gekocht: Hähnchen in Zitronensoße, Ofenkartoffeln und Salat.

Kate war zugegebenermaßen ein wenig gerührt darüber. Allerdings lagen ihre Nerven sowieso blank und jede Kleinigkeit hätte sie zum Heulen bringen können.

Jetzt bloß nicht gleich losheulen, sagte sie zu sich selbst und betrat die Küche.

Dort standen die beiden und blickten sie glücklich an. Das Essen sah zugegebenermaßen verlockend aus und den Tisch hatten sie mit dem besten Geschirr gedeckt.

Wahrscheinlich hatten Lucy und Greg dies gemeinsam geplant, um sie zu überraschen und wieder positiv zu stimmen.

Ihrer Tochter zuliebe aß Kate mit den beiden zu Abend, als wäre nie etwas geschehen und es war erstaunlich, wie man sich seinem Kind zuliebe zusammenreißen konnte. Es wurde nur über Allgemeines gesprochen, das Thema Beziehung weitläufig umgangen und einmal mussten sogar alle herzlich lachen, als sie feststellten, dass jeder vom anderen dachte, dies sei dessen Lieblingsessen. Kate dachte immer, Hähnchen in Zitronensauce sei Lucys Leibgericht, diese dachte, ihr Vater möge dies besonders und dieser ging davon aus, dass Kate nichts lieber aß. In Wirklichkeit jedoch mochte das Gericht von ihnen niemand so wirklich.

Wie man sich doch täuschen konnte. Nicht nur wenn es ums Essen ging.

Nachdem sie dann alle ihr Nicht-Lieblingsgericht gegessen hatten, verzog sich Lucy auffällig schnell in ihr Zimmer, um ihre Eltern allein zu lassen.

Kate fasste sich ein Herz und wollte die Sache schnell hinter sich bringen.

„Hier ist deine Kette zurück“, sagte sie kurzerhand und reichte Greg die Karte samt dem Brillantenkettchen.

„Aber ich dachte, sie gefällt dir“, gab Greg nun etwas

gekränkt von sich und blickte sie mit seinem Hundeblick an, bei dem Kate seit über zwanzig Jahren immer schwach wurde. Heute wahrscheinlich zum ersten Mal nicht.

„Tut sie auch. Aber wenn du so viel Geld ausgeben willst, solltest du es lieber für einen guten Zweck spenden“, sagte sie ungerührt und wunderte sich selbst über ihre Stärke.

Nun trat Greg einen Schritt auf sie zu und versuchte sie zu umarmen. Als Kate einen Schritt zurück wich, griff er unbeholfen nach ihren Händen und blickte ihr in die Augen.

„Ich liebe dich immer noch, Kate“, flüsterte er und probierte erneut, sie an sich zu ziehen.
Was hatte er vor? Wollte er wirklich so um Vergebung betteln und ihre Zuneigung wieder erzwingen?

Kate fasste sich ein Herz und sagte betont selbstsicher: „Ich liebe dich aber nicht mehr.“

Das stimmte zwar nicht ganz, denn natürlich liebte sie ihn noch. Den Vater seines Kindes liebte man immer auf eine gewisse Art und Weise.

Sie liebte ihn aber nicht mehr so wie früher. Das taten sie beide nicht mehr.

Darüber hinaus hatte sie ja bis vor ein paar Tagen gar nicht gemerkt, dass ihre Liebe zu Greg einfach dahingeschwunden war.

Wann ihre Liebe klammheimlich ihre Koffer gepackt und das Haus verlassen hatte, war ihr selbst ein Rätsel. Sie hatte es nicht einmal ansatzweise bemerkt. Dahin geschmolzen war sie, wie ein Schneemann in der Sonne. Da mussten erst Pete, der Obdachlose und ihre fünfzehnjährige Tochter ihr etwas auf die Sprünge helfen, damit sie merkte, dass in ihrem Leben so einiges schief lief.

Der Mensch war eben ein Gewohnheitstier.
Greg war nun wieder etwas auf Abstand gegangen und blickte sie traurig an.

„Kate, ich war solch ein Idiot! Ich werde alles wieder gut machen", sprach er nun verzweifelt weiter, merkte aber schon, dass es keinen Zweck hatte.
Kate schüttelte nur langsam den Kopf und sagte: „Tut mir leid, Greg."

Mehr konnte sie in dem Moment nicht sagen. Nach zwanzig Jahren Ehe.

In dem Moment hörte sie Lucys Zimmertüre zuknallen und ihre Tochter laut schluchzen.

Dass diese das Gespräch belauschen würde, hätte sie sich fast denken können. Obwohl Lucy ihren Vater verachtete für das, was er getan hatte, wünschte sie sich nichts mehr, als die beiden wieder zusammen zu sehen. Die Trennung ihrer Eltern brach ihr das Herz, das wusste Kate nur zu gut.

Auch ihre Eltern hatten sich getrennt als sie zwölf Jahre alt gewesen war und im Grunde musste sie sich eingestehen, dass sie ihnen dies bis heute nicht ganz verziehen hatte.

Ihre Familie hatte damals nicht in besonders guten

Verhältnissen gelebt, aber als ihr Vater sie dann verließ, lebte sie mit ihrer Mutter und ihren beiden kleineren Geschwistern in geradezu ärmlichen Umständen.

Diese Situation damals hatte wahrscheinlich den Ehrgeiz in Kate geweckt, es nie wieder so weit kommen zu lassen. Unabhängig wollte sie sein und wohlhabend. Das hatte sie geschafft.

Bei ihnen war es eher Greg, der nun um sein Einkommen fürchten musste. Würde sie ihn aushalten müssen?

Dass Geld allein nicht glücklich machte, hatte sie in den letzten Tagen zur Genüge festgestellt.

Schweigend machten sie sich daran, die Küche aufzuräumen und wussten nicht recht, was sie noch miteinander reden sollten.

Mit hängenden Schultern und einem Blick, der sie stark an einen Basset Hund erinnerte, verabschiedete sich Greg anschließend etwas unbeholfen und verließ ihr gemeinsames Haus.

Als die Tür hinter ihm in Schloss fiel, krampfte sich ihr Herz zusammen und sie hätte augenblicklich losheulen können. Zwanzig Jahre Ehe dahin und sie hatte es nicht einmal bemerkt.

29

Die nächsten drei Tage waren für Kate die Hölle. Jeden Tag fuhr sie mehrmals ins Krankenhaus und wurde dort immer schon am Empfang abgewimmelt. Stets mit der Aussage, dass nur Familienangehörige zu Pete durften so lange er noch in kritischem Zustand war und nicht auf die normale Station zurückverlegt werden konnte. Immerhin konnte sie die nette Krankenschwester abfangen, die sie damals zu ihm in den Aufwachraum gelassen hatte und von ihr ein paar Informationen über seinen Zustand erfahren.

Pete schien sich langsam zu erholen und sollte am Wochenende auf die normale Station zurückverlegt werden.

Greg schickte nach wie vor täglich Blumen und Kate hatte begonnen, das obere Stockwerk ihres Hauses komplett zu renovieren. Lucy wollte in das ehemalige Schlafzimmer ihrer Eltern umziehen und freute sich sichtlich auf das fast doppelt so große Zimmer mit eigenem Bad. Was für ein Luxus für eine

Fünfzehnjährige! Aber wenigstens etwas Positives, das sie aus der ganzen Situation rausholen konnte.

Es war erstaunlich, welche Energie sie an den Tag legte, ihr Kinderzimmer auszuräumen, aber Kate ersparte sich jeden Kommentar darüber.

Ihr war klar, dass Lucy ihren Freundinnen bei der Übernachtungsparty am Samstag mit dem neuen Zimmer imponieren wollte. Einige Mädchen hatten schon zugesagt und Lucy fieberte dem Tag nur so entgegen.

Charlie wich nicht von Lucys Seite und half ihr wo es nur ging. Kate freute sich, die beiden so glücklich zusammen zu sehen.

Nachdem sich die beiden einen ganzen Nachmittag in dem Zimmer bei verschlossener Tür ausgetobt hatten, nur mit Pinsel und Farbeimer, wie Kate hoffte, präsentierten sie stolz ihr Ergebnis.

„Überraschung!“, rief Lucy freudig aus und führte ihre Mutter mit verschlossenen Augen in die Mitte des Raumes wie bei einer Fernsehshow.

„Augen auf!“, sagten nun beide gleichzeitig und strahlten sie an.

Kate hingegen verschlug er erst einmal die Sprache, als sie sich in ihrem ehemaligen Schlafzimmer umblickte.

Lucy hatte sich mit einem recht farbenfrohen Anstrich ausgetobt, um es nett auszudrücken, bei dessen Anblick Kate sich fragte, ob ihre Tochter nicht vielleicht unerkannt seit der Geburt farbenblind war.

Kate hüllte sich lieber in Schweigen und blickte sich

weiter um.

„Und wie findest du`s?“, wollte Lucy nun wissen.

„Bunt“, brachte Kate nur als recht knappe und wenig begeisterte Antwort heraus.

„Dir gefällt es nicht, stimmt`s Mama?“

„Hauptsache dir gefällt es, Lucy. Ich finde es ganz... witzig“, antwortete sie nun, um ihr Kind nicht zu kränken.

Des Friedens willen hatte sie sich so einige Kommentare die letzten Tage über verkniffen. Mutter und Tochter hatten sich schon lange nicht mehr so gut verstanden, das wollte sie nicht aufs Spiel setzten wollte. Was die Renovierung des Zimmers anging, war ihr gerade recht, wenn sie dieses anschließend kaum noch wiedererkennen würde.

Kate selbst hatte beschlossen in das Gästezimmer zu ziehen. Dieser Raum hatte ihr schon immer gut gefallen, hatte ebenfalls ein eigenes Bad und einen kleinen Balkon zum Garten hin.

Das Zimmer war zwar um einiges kleiner als das großzügige eheliche Schlafgemach, aber wozu brauchte man überhaupt ein großes Schlafzimmer?

Gemütlich sollte es sein und das war es!

Auch dieses Zimmer hatten sie gestrichen. Zu dritt und wegen der wenigen Quadratmeter waren sie im Nu fertig gewesen. Kate hatte sich für ein helles taubenblau für ihr neues Reich entschieden. Eine Farbe gegen die sich Greg beim Einrichten dieses Hauses immer gewehrt hatte, die Kate aber sehr gut gefiel. Mit den weißen Stuckverzierungen an der Decke sah das Zimmer anschließen richtig edel aus. Kate war zufrieden.

Die passende Bettwäsche hatte sie schon. Nun fehlten nur noch ein paar kleine Details und das Zimmer wäre perfekt.

Gregs Sachen stapelten sich bereits in der Garage. Teilweise tat es richtig gut, seine Sachen wegzuräumen. Seine eingestaubte Bierkrugsammlung etwa oder seine zahlreichen Golfsachen.

Nun musste er schauen, wo er mit dem ganzen Krempel hin konnte.

Hier war jedenfalls kein Platz mehr dafür.

30

So schaffte Kate es einigermaßen, sich tagsüber von ihren Sorgen um Pete und ihrem Ärger im Büro abzulenken.

Nachts hingegen lag sie lange wach und konnte oft nur mit einem leichten Schlafmittel einschlafen.

Für den heutigen Freitagnachmittag hatte Kate einen Gesprächstermin mit Marc Magnets vereinbart und fieberte diesem nur so entgegen. Sie war die ganze Woche über nicht an ihrem Arbeitsplatz gewesen, wollte erst die Fronten geklärt wissen und konnte Hank Goblin vorher sowieso nicht gegenüber treten.

Nun stand sie im Fahrstuhl, bereitete sich gedanklich noch einmal auf das nun folgende Gespräch vor und betrachtete sich im Spiegel. Eines ihrer schicksten Businesskostüme hatte sie gewählt für den bevorstehenden Termin, das heute sogar etwas locker saß. Der ganze Kummer der letzten Tage hatte ihr auf den

Magen geschlagen, sie hatte kaum Appetit und dadurch ziemlich abgenommen innerhalb der kurzen Zeit. Jemand, der sie genau kannte, konnte ihr sofort ansehen, dass in ihrem Leben gerade einiges drunter-und drüber ging. Trotz allem sah sie für ihre Fünfzig-minus-eine-Woche blendend aus.

Sie mochte Marc Magnets, der ihr in vieler Hinsicht ein Vorbild war. Dieser hatte wohl so ziemlich alles in seinem Leben erreicht und war mit seinen siebzig Jahren sehr erfolgreich als Gründer und Geschäftsführer der ständig wachsenden Werbeagentur.

Er schien sie schon erwartet zu haben und begrüßte sie mit ein paar knappen, aber netten Worten. Kate war es von ihm gewohnt, dass er nicht lange um den heißen Brei herum redete. Daher verstanden sich die beiden auch von Anfang an so gut.

„Was liegt Ihnen denn auf dem Herzen, Kate?“, fragte dieser sogleich ohne Umschweife, denn da Kate einen persönlichen Termin mit ihm vereinbart hatte, war klar, dass sie nicht über das Wetter reden wollte.

Kate hatte sich schon vorher überlegt, dass sie gar nicht viel erklären musste, das Beweismaterial auf ihrem Handy würde ausreichend sein.

Dieses zog sie nun bedächtig aus ihrer Handtasche und legte es auf den edlen Marmortisch zwischen ihnen. Als Marc Magnets einen fragenden Blick auf das Gerät warf, drückte sie die Abspieltaste und beobachtete Magnets Gesichtsausdruck.

Leise, aber durchaus verständlich, vernahm man

Goblins Worte, mit denen er seinen dreisten Betrug schilderte. Marc Magnets hatte sich über den Tisch gebeugt, um besser hören zu können und legte seine Stirn in Falten. Als die Aufnahme beendet war, gab er ihr ein Zeichen, diese noch einmal zu widerholen.

Nachdem sie es ihm drei Mal vorgespielt hatte, stand er auf und wirkte auf einmal um Jahre gealtert. Betrübt schüttelte er den Kopf, während er sich vor das Fenster stellte und auf die belebte Fremont Street hinab blickte.

„Das ist die Strafe dafür, wenn man seinen Mitarbeitern zu sehr vertraut“, begann Magnets zu sprechen und Kate wusste, dass sie nun besser schwieg und ihm erst einmal zuhörte.

Lange musste sie nicht warten und seine folgenden Worte überraschten sie: „Glauben Sie nicht, Kate, dass ich nicht weiß, wer von Ihnen beiden der Fleißigere in unserem Unternehmen ist.“

Das ist ja interessant, dachte Kate und wurde hellhörig.

„Allerdings dachte ich immer, Sie seien in ihrer jetzigen Position zufrieden und wollte in der Abteilung keine Unruhe stiften.“

Nach einer kurzen Pause fragte er sie: „Sind Sie denn mit Ihrer momentanen Stellung zufrieden, Kate?“

Nun drehte er sich zu ihr um und blickte sie direkt an. Kate wusste, dass ihre Antwort nun ausschlaggebend war.

„Als Leiterin der Abteilung wäre ich noch glücklicher. Das hatte ich mir immer als Ziel gesetzt“, sagte sie, ohne lange zu überlegen und lächelte ihn selbstsicher an.

Beide wussten, worum es ging, obwohl es noch nicht

ausgesprochen war.

Nun holte Marc Magnets tief Luft und die folgenden Worte hörten sich fast an wie eine Predigt: „Dann soll es so sein: Goblin wird unverzüglich seinen Platz räumen und Sie, Kate, werden die neue Abteilungsleiterin."

Kate hätte vor Freude aus ihrem Stuhl springen und ihn umarmen können, hielt sich aber noch zurück.

„Nur wer übernimmt dann Ihre Position, die nicht minder wichtig ist in der Abteilung?", grübelte Magnets nun laut und blickte sie dabei fragend an.

„Ich hätte da jemand, der perfekt meine Nachfolge antreten könnte", gab Kate bestimmt von sich und hätte platzen können vor Aufregung, blieb aber äußerlich ganz gelassen.

„Wunderbar. Dann stellen Sie mir denjenigen bald vor und lassen sie ihn so schnell wie möglich mit der Arbeit beginnen. Ihre neue Stellung tritt bereits ab nächstem Montag in Kraft."

Kate war den Tränen nahe, Freudentränen, und musste nun doch Marc Magnets umarmen. Ihm war nicht bewusst, wie sehr er ihr und Petes Leben gerade verändert hatte.

Sie konnte es kaum abwarten, Pete von den Neuigkeiten zu berichten.

31

Als Kate wieder auf die Straße trat, hätte sie die ganze Welt umarmen können.

Sie hatte es geschafft!

Sie war vom heutigen Tag an die Abteilungsleiterin für Internetwerbung bei *Magnets Marketing* und ihr widerlicher Boss war seinen Job ebenfalls ab dem heutigen Tag los. Wahrscheinlich musste dieser noch mit gerichtlichen Folgen und einer satten Rückzahlung rechnen.

Nun hatte sie ihr Ziel doch noch vor ihrem fünfzigsten Geburtstag erreicht.

Das sollte sie eigentlich feiern! Nur mit wem?

Ein Blick auf die leere Parkbank, auf der Pete sonst immer gesessen hatte, ließ Kates Herz allerdings wieder schwer werden.

Wieder einmal wurde ihr klar, wie unwichtig solch monetären Erfolge doch waren.

Viel wichtiger war es doch, Menschen um sich herum zu haben, die man liebte. Wahre Freundschaften waren

wichtig im Leben, von denen Kate nicht viele besaß, wie sie schmerzlich feststellen musste.
In Grunde war im Moment ihr einziger Freund Pete, ein Obdachloser, den sie noch vor ein paar Tagen völlig ignoriert hatte.

Ein kurzes Stoßgebet gen Himmel schickend, dass es Pete bald besser gehen würde, machte Kate sich auf den Weg.

Sie wollte noch einmal im Krankenhaus vorbeischauen, in der Hoffnung wieder Neuigkeiten von der netten Schwester über Petes Zustand zu erfahren. Danach wollte sie schon mal das Nötigste für Lucys Mädchenabend am nächsten Tag einkaufen.

Der Besuch im Krankenhaus war wieder wenig aufschlussreich gewesen. Kate hatte das Gefühl, dass die Damen am Empfang, die sie mittlerweile alle kannten, bereits die Augen rollten, wenn sie sie kommen sahen.

„Tut mir leid, Miss. Immer noch kein Besuchsrecht für Herrn Kidwell. Kommen Sie doch am Sonntag wieder."

Auch die nette Krankenschwester war nirgends aufzufinden, diese musste schließlich auch mal einen freien Tag haben.

So stand Kate gut eine Stunde später etwas frustriert vor dem Großmarkt und hatte beschlossen, sich mit einem ausgiebigen Einkauf für Lucys Party auszutoben und abzulenken.

Lucy hatte sich überlegt, mit ihren Freundinnen erst einen Beauty-Nachmittag zu machen, was bedeutete, die Finger-und Fußnägel in allen möglichen Farben anzumalen.

Danach wollten sie eine „Spaghettata“ machen und später einen Film anschauen.

Also sollte Kate Spaghetti in Unmengen einkaufen und die Zutaten für verschiedene, meist vegetarische Soßen.

Vegetarier zu sein, war bei den Jugendlichen gerade besonders „in“.

Auch Lucy behauptete weiterhin, daran festzuhalten, wobei Kate sich fragte, wer immer heimlich die Wienerwürstchen in Kühlschrank leer futterte.

Greg konnte es nicht mehr sein.

Blieb also nur Charlie oder ihre Tochter, die einem ihrer Lieblingsessen einfach nicht wiederstehen konnte. Kate sollte diese einfach nicht mehr kaufen, um Lucy ihr Vegetarier-Dasein nicht unnötig schwer zu machen.

Gerade hatte Kate beschlossen, auch Zutaten für Cupcakes einzukaufen und Zuckerguss in den verrücktesten Farben in ihren Einkaufswagen geladen, als sie sie erblickte: Amanda!

Ihre ehemals beste, oder fast beste Freundin stand auf gleicher Höhe, genau einen Gang weiter.

Kate lehnte sich immer weiter vor, um sie besser sehen zu können.

Sie streckte ihren Kopf tief zwischen die Ketchup-und Senfflaschen und hatte wahrscheinlich Glück, dass das

Regal nicht einfach nachgab und mit einem lauten Knall zusammenkrachte.

Die Vorstellung, dass Amanda nun eine Müslipackung auf der anderen Seite aus dem Lebensmittelregal nehmen und Kates Kopf dahinter zum Vorschein kommen würde, kam ihr erst später und brachte sie noch lange danach zum Lachen.

Das wäre ein schöner Schreck gewesen!

Wahrscheinlich wäre Amanda danach ein Fall für den Psychiater gewesen.

„Herr Doktor, der Kopf meiner ehemals besten, oder fast besten Freundin verfolgt mich, weil ich mit ihrem Mann gevögelt habe.“ So in etwa...

In dem Moment wusste Kate allerdings überhaupt nicht, was sie machen sollte. Sie dachte eher an Verstecken oder Flucht. Alles stehen lassen und einfach aus dem Geschäft rennen, war das erste, was ihr in den Sinn kam.

Dann besann sie sich jedoch eines Besseren.

Kurz schloss sie die Augen, atmete einmal tief durch und lief darauf fest entschlossen in die gleiche Richtung, in die Amanda gegangen war.

Der Zusammenstoß ihrer Einkaufswagen am Ende des Ganges war von Kate geplant, für Amanda hingegen eine schaurige Überraschung.

Erst ließ sie der Aufprall zusammenzucken, als sie dann auch noch Kate als Halterin des Unfalleinkaufwagens erkannte, entfuhr ihr ein kurzer Aufschrei.

Wie weiß ihr Gesicht daraufhin wurde, ließ Kate vermuten, dass sie froh sein konnte, sich an ihrem Einkaufwagen festhalten zu können.

Es dauerte einen Moment, bis Amanda sich wieder gefangen hatte, also begann Kate zu sprechen.

„Ach, meine liebe Nachbarin“, sagte sie mit dem ironischsten Unterton, den man sich vorstellen konnte. „Heute schon irgendwelche Herzen gebrochen oder Ehen zerstört?“

Ihr Gegenüber rang sichtlich mit der Fassung und begann dann zu stammeln: „Kate, es tut mir wirklich unendlich leid, was pa…“

„Ach, das braucht dir nicht leid zu tun. Unsere Ehe war sowieso hinüber und ich habe dank dieses Vorfalls die Liebe meines Lebens gefunden“, gab Kat nun mit geschwellter Brust von sich und wandte sich zum Gehen.

Während Amanda ihr mit offenem Mund hinterher blickte, fragte sich Kate, was sie da gerade für einen Schwachsinn von sich gegeben hatte? „Liebe ihres Lebens“, wie kam sie denn auf sowas?

Da habe ich wohl etwas dick aufgetragen, dachte Kate und musste den Rest ihres Einkaufs immer wieder vor sich hin kichern.

Zuhause angekommen, fand sie eine sichtlich aufgelöste Lucy vor, die ihr heulend berichtete, dass Hannah nun auch eine Party an genau demselben Tag machen wollte.

Dass sie diese Feier nur veranstaltete, um Lucy eins auszuwischen, stand außer Frage.

Teenager konnten wirklich gemein sein.

Nicht minder fies als irgendwelche beste Freundinnen, die einem den Ehemann ausspannten oder Chefs, die einen über das Ohr hauen wollten.

Der zeigen wir es! dachte Kate von Wut gepackt und versuchte Lucy erst einmal zu beruhigen.

Die mitgebrachten Sachen taten ihr Gutes hierbei und bei den Verzierungen für die Cupcakes war Lucy schon wieder besser gelaunt.

Als Kate dann noch die neonfarbenen Nagellacke auspackte, waren ihre Sorgen schon wieder fast vergessen.

Eifrig machten sie sich wieder daran, den morgigen Abend zu planen.

„Wie viele Freudinnen hast du denn eingeladen?“, wollte Kate wissen.

„Zehn“, kam die prompte Antwort von Lucy.

„Gut. Wie viele davon sind denn wohl auch bei Hannah eingeladen?“, war Kates nächste Frage, die wissen wollte auf was sie sich gefasst machen konnten.

„Bestimmt alle. Außer Maja. Also neun.“

Oh je, hoffentlich geht das nicht in die Hose, dachte Kate, der klar war, wie beliebt Hannah in ihrer Klasse war.

Fast konnte man schon sagen, welche „Macht“ Hannah hatte.

Sie musste Lucy vorsichtig darauf vorbereiten.

„Lucy, es wird auf jeden Fall ein toller Abend morgen. Egal, wie viele kommen. Und wenn es nur Maja ist, habt ihr auch euren Spaß. Zumindest weißt du nach morgen Abend, wer wirklich deine Freundinnen sind und wer nicht."

„Ja, stimmt...", gab Lucy nur leise von sich und blickte traurig vor sich hin.

Genau das war es, wovor sie Angst hatte: Dass niemand kommen würde außer ihrer besten Freundin Maja.

32

Am nächsten Tag schielte Lucy ab vier Uhr nachmittags immer wieder nervös aus dem Fenster.

Auch Kate konnte nicht umhin, ständig auf die Uhr und zur Eingangstüre zu blicken, ob und wie viele Gäste erscheinen würden.

Gegen fünf Uhr trudelten dann nach Maja, noch fünf weitere Mädchen ein, was Lucy überglücklich machte. Eine Klassenkameradin war krank und somit hatte sie Hannah mit fünf zu drei „geschlagen", wie sie Kate aufgeregt zuflüsterte.

Das hätte auch anderes ausgehen können, dachte Kate erleichtert.

Diese hatte am vorherigen Abend etwas vorgesorgt und jede Mutter der Mädchen noch einmal heimlich angerufen.

Nicht, dass diese nur deshalb zu Lucys Party gekommen waren, aber geschadet hatte es bestimmt nicht.

Kate hatte angeboten, einige, die weiter weg wohnten,

abzuholen und den Müttern, die sie teilweise noch gar nicht kannten, versichert, dass es gesittet in ihrem Haus zuging.

Wenn sie sich allerdings gerade das Schlachtfeld in ihrer Küche betrachtete, könnte man eher meinen, es hätte eine Bombe eingeschlagen oder eine Horde Dreijähriger hätte versucht, Cupcakes zu backen.

Das Chaos war Kate überraschenderweise völlig egal, Hauptsache die Kinder hatten ihren Spaß.

Die Kinder, dachte sie kopfschüttelnd, während sie goldene Zuckerkügelchen, die als Verzierung der kleinen Törtchen gedient hatten, aufwischte.

Die wenigsten von ihnen konnte man leider noch als Kinder bezeichnen, wie Kate recht schnell festgestellt hatte.

Lucy, Maja und noch ein weiteres Mädchen namens Clara waren die einzigen die noch etwas Kindliches hatten.

Die anderen Mädchen hatten ihre Teenagergesichter mit so viel Schminke übertüncht, dass man sie locker als junge Frauen bezeichnen konnte.

Wahrscheinlich hätte sich Kate von der einen oder anderen sogar ein paar Schminktipps geben lassen können. Wie man falsche Wimpern aufklebte etwa, was sie noch nie richtig hinbekommen hatte.

Aber es machte Spaß, sich mit den Mädchen zu unterhalten. Die meisten von ihnen kannte Kate ja schon und mochte sie eigentlich alle. Zugegebenermaßen war die einzige die immer Unruhe stiftete Hannah und die war ja heute zum Glück nicht mit von der Partie.

Gerade hatte der Wellnessteil des Abends begonnen und die Mädchen saßen alle im Garten, um sich die Nägel zu lackieren. Kate hörte sie lachen und freute sich über die geglückte Party. Auch Lucys neues Zimmer war schon mit lautem „Ah“ und „Oh“ bestaunt worden.

Während Kate weiter die Backwaren wegräumte, um Platz für das Spaghettikochen zu machen, überlegte sie, wie sie in dem Alter war.

Ihre Eltern waren zu der Zeit bereits getrennt und sie lebten in wirklich ärmlichen, um nicht zu sagen erbärmlichen Verhältnissen. Kate erinnerte sich gut, wie sehr sie sich dafür vor ihren Freundinnen immer geschämt hatte. Stets probierte sie dies zu vertuschen:

Niemand durfte zu ihr nach Hause kommen, sie kaufte sich hochwertige Kleidung auf Flohmärkten, um nicht aufzufallen und wurde immer ehrgeiziger. Sie wollte hoch hinaus und lernte nächtelang für ihren grandiosen Schulabschluss, der ihr ein Stipendium an einer der besten Kunstakademien Amerikas einbrachte.

„Mama“, wurden ihre Gedanken von Lucy unterbrochen, die aufgeregt in die Küche gerannte kam.

„Dürfen wir uns in den Whirlpool setzen? Bitte, bitte, bitte…“

Eigentlich hatten sie vorher abgesprochen, dass der Whirlpool absolut tabu war und Kate hatte sich fest vorgenommen, an dieser Stelle nicht nachzugeben. Als sie dann jedoch sah, wie glücklich Lucy war, als sie vor ihr stand und fast glühte vor Aufregung, konnte sie einfach nicht anders.

„Na klar. Warum eigentlich nicht?“, sagte sie und gab ihrer Tochter einen Kuss auf die Stirn.

Erschöpft ließ sich Kate hierauf auf einen Sessel fallen, um sich kurz auszuruhen und sich ein Glas Wein zu gönnen. Sie war froh, dass Lucys Party ein voller Erfolg war und vor allem so eine gute Ablenkung von ihren Sorgen um Pete.

33

Am Sonntagnachmittag durfte sie endlich Pete im Krankenhaus besuchen. Dieser war auf die normale Station verlegt worden und erholte sich erstaunlich gut, wie ihr die Krankenschwester schon am Telefon mitgeteilt hatte.

Noch nie war ihr die Fahrt zum Krankenhaus, die sie ja mehrmals täglich gefahren war, so lange vorgekommen.

Als Kate endlich vor der Tür seines Krankenzimmers stand, merkte sie erst, wie aufgeregt sie war.

Ihre Beine fühlten sich an wie Gummi, die Hände waren eiskalt und sie hatte ein flaues Gefühl im Bauch als sie anklopfte.

„Herein", ertönte da Petes Stimme aus dem Inneren und sie öffnete langsam die Tür und trat ein. Zuerst erkannte sie kaum etwas in dem abgedunkelten Raum, als sie dann jedoch Pete in dem Krankenbett liegen sah, wie er sie anlächelte und mit „Hallo Schöne" begrüßte, war es um sie geschehen. Sie stürmte auf ihn zu, um ihn innig zu umarmen.

Nie mehr loslassen wollte sie ihn und endlich fanden sich auch ihre Lippen für einen ersten, zärtlichen Kuss.

Eigentlich wusste sie ja schon seit längerem, dass sie unhaltbar in Pete verliebt war, hatte dies nur nicht wahrhaben wollen.

Die Sorge um ihn in den letzten Tagen hatte dieses Gefühl noch verstärkt und jeden Zweifel an ihren Empfindungen ihm gegenüber ausradiert.

Egal, was kommen sollte, sie und Pete gehörten zusammen.

Pete hatte ihr gegenüber die gleichen Gefühle, war sich dessen aber schon weitaus länger bewusst.

Später erfuhr Kate auch, dass die Aussage von Mary im Obdachlosenheim durchaus gestimmt hatte und Pete sie schon über Wochen beobachtet hatte, bis es ihm endlich gelang, ihre Aufmerksamkeit mit seinem elektrischen Eichhörnchen auf sich zu ziehen.

Er hatte alles geplant, wie er ihr Interesse auf sich ziehen konnte, was ihm nach einem etwas holprigen Anfang ja auch gelungen war.

Lange blickten sie sich nur in die Augen und schienen sich, wie schon so oft, ohne Worte zu verstehen.

Kate hätte ihr Glück darüber, dass Pete wieder gesund war, gar nicht in Worte fassen können.

Kurz wurde ihr romantischer Moment von der netten Krankenschwester unterbrochen, der Kate unendlich dankbar war für ihre Hilfe in den letzten Tagen.

Auch ihr konnte man ansehen, wie sehr sie sich freute,

die beiden endlich vereint zu sehen.

Völlig selbstverständlich gingen die beiden Frauen nun aufeinander zu und umarmten sich ebenfalls.

Kate fühlte sich einer Erklärung schuldig, da sie der Frau tagelang vorgegaukelt hatte, Petes Ehefrau zu sein, um Informationen über seinen Gesundheitszustand heraus zu bekommen.

“Ich wollte Ihnen noch etwas sagen…”, begann sie gerade ihre Entschuldigungsrede, als die Krankenschwester ihr die Hand auf die Schulter legte kaum merklich mit dem Kopf schüttelte.

Während sie ihr die folgenden Worte zuflüsterte, lächelte sie: „Es ist schon gut. Das war mir von Anfang an klar.“ Dann zwinkerte sie ihr noch zu und fügte an: „Wo die Liebe hinfällt, stimmt`s?“

Hierauf verließ sie wieder den Raum und Kate dachte: *Es gibt doch noch Engel…*

Als sie wieder mit Pete alleine war, konnte Kate die spannenden Neuigkeiten nicht mehr für sich behalten. Vorsichtig setzte sie sich zu ihm ans Bett, hielt seine Hand und fing an zu erzählen.

Nachdem Kate Pete von dem Gespräch mit Marc Magnets und seinem neuen Job berichtet hatte, blickte er sie mit großen Augen an und fragte sogleich neckisch: „Darf man denn eine Affäre mit seinem Angestellten haben?“

„Natürlich“, gab Kate lachend zurück und küsste ihn.

Hierauf nahm Pete etwas aus seiner Nachttischschublade und reichte es ihr.

Kate traute ihren Augen nicht: Es war ein wunderschöner Armreif, geformt aus Büroklammern und dem von ihm gesammelten Seeglas, das in allen Farben leuchtete.

Kate war so gerührt, dass es ihr die Sprache verschlug. Der Armreif war einzigartig schön und ein Zeichen seiner Liebe.

Pete war wirklich ein Künstler, in allen Beziehungen.

34

- 24. DEZEMBER -

Noch immer stand Kate auf dem Balkon und blickte versonnen auf den Ozean, auf dem sich die aufgehende Sonne spiegelte.

Sie dachte an die vergangenen Wochen und wie sehr sich ihr Leben innerhalb kürzester Zeit verändert hatte.

Noch vor drei Monaten hatte sie zwei wichtige Ziele vor Augen: Ihren Jahresbonus und den Weihnachtsurlaub mit ihrer Familie auf Hawaii.

Darüber hinaus hatte sie sich als ihr ultimatives Erfolgsziels gesteckt, Abteilungsleiterin in ihrem Unternehmen zu werden, wovon sie sich sicher gewesen war, es niemals erreichen zu können.

All dies hatte sie geschafft!

Aber irgendwie waren diese Dinge überhaupt nicht mehr so wichtig für sie.

Was brachte einem schon Erfolg, wenn man nur noch von oberflächlichen Menschen umgeben war?

Wozu das ganze Geld, wenn man einsam war?

Wenn man keine wahren Freunde hatte, mit denen man all diese Freuden teilen konnte?

Kate hatte das Gefühl, in den letzten zehn Wochen mehr gelernt zu haben als jemals zuvor.

Von nun an würde sie auch nicht mehr ausschließlich für ihren Beruf leben, die viele Arbeit dankte einem ja doch niemand.

Genüsslich sog sie die frische Meeresbrise ein, als jemand liebevoll ihre Taille umfasste.

Verträumt schloss sie die Augen und genoss die Schmetterlinge in ihrem Bauch und wie sich das Kribbeln in ihrem ganzen Körper ausbreitete.

„Woran denkst du?“, flüsterte Pete in ihr Ohr. „An letzte Nacht?“, fügte er noch schelmisch hinzu.

Kurze Zeit schwieg Kate und überlegte, ob sie ihm ihre Gedanken wirklich mitteilen sollte.

Aber schließlich hatte sie Pete einen gehörigen Anteil der Veränderungen in ihrem Leben zu verdanken, um nicht zu sagen fast alles. Dann atmete sie tief ein und sprach aus, was sie dachte:

„Mein Leben hat sich in nur drei Tagen völlig verändert. Von Sonntag bis Dienstag. Zuerst fand ich endlich die alte Beziehung zu meiner Tochter wieder. Am nächsten Tag beendete ich die Beziehung zu meinem Mann. Und schon einen Tag später fand ich eine neue Beziehung zu dir!“

Pete schwieg, umarmte sie aber fester, als Zeichen, dass er ihre Liebeserklärung verstanden hatte.

So standen sie eine Weile da und beobachteten den gleichmäßigen Wellengang, der etwas Beruhigendes ausstrahlte.

„Das Leben kann so verrückt sein: Drei Beziehungen in nur drei Tagen! Und jetzt sind wir hier zu viert auf Hawaii: Lucy, Charlie, du und ich!“, sagte sie lachend, drehte sich zu ihm um und ließ ihren Gefühlen freien Lauf.

Es gab nichts Schöneres als verliebt zu sein!

EPILOG UND DANKSAGUNG

Ich danke Kate Hunter dafür, dass sie mir so offen und ehrlich ihre wirklich herzerwärmende Geschichte anvertraut hat.

Ich lernte Kate vor einigen Jahren bei den Recherchen zu einem Artikel über Obdachlose in amerikanischen Großstädten kennen.

Vor Ort wollte ich erfahren, wie die Menschen auf der Straße leben und sprach mit vielen von ihnen und den öffentlichen Helfern.

Kate Hunter setzt sich nach wie vor mit unermüdlichem Einsatz für alle Heimatlosen in der Region in und um San Francisco ein.

Die Geschichte hat sich in Wirklichkeit vor fast zwanzig Jahren abgespielt, Mitte der Neunziger Jahre und einige Details, wie etwa Internet, Mobiltelefone etc. wurden der heutigen Zeit angepasst, um die Handlung zeitgemäßer zu machen.

Einige Ereignisse wurden etwas ausgeschmückt, haben sich aber in Wahrheit durchaus ähnlich zugetragen.

Nun aber zu den wichtigen Fragen, die die meisten Leser bestimmt interessieren:

Kate und Pete sind nach wie vor ein Paar, haben etwa drei Jahre nach ihrem Kennenlernen geheiratet und sind augenscheinlich noch sehr verliebt und glücklich miteinander.

Die beiden haben relativ schnell der harten Geschäftswelt den Rücken gekehrt und eine eigene kleine Werbeagentur gegründet, die sehr erfolgreich ist. Mittlerweile hat sich Kate, mit Ende sechzig, fast ganz aus dem Geschäftsleben zurückgezogen, verwendet aber noch viel Zeit für die Unterstützung der Obdachlosen. Hierbei hat sie eine besonders erfolgreiche Kampagne gegründet, die Obdachlosen den Weg zurück ins Berufsleben erleichtern soll.

Pete hat sich neben dem eigenen Unternehmen immer mehr der Malerei gewidmet und ist in Nordkalifornien mit seinen Kunstwerken mittlerweile recht berühmt.

Die Villa in Pacific Heights wurde gleich nach der Scheidung von ihrem Mann verkauft. Seitdem leben Kate und Pete in Sausalito, in einem Haus mit herrlichem Blick auf San Francisco, nicht unweit von ihrer Tochter Lucy und ihren beiden Enkelkindern.

ÜBER DIE AUTORIN

Mimi J. Poppersen ist das Pseudonym einer deutschen Autorin, deren Romane sonst im Krimi-und Thrillerbereich angesiedelt sind.
Mimi J. Poppersen ist freie Journalistin und wenn sie nicht gerade, auf der Suche nach einer spannenden Geschichte, um die Welt reist, lebt sie in ihrer Heimatstadt Heidelberg.

Kontakt unter: mimijpoppersen@gmail.com

5948587R00127

Printed in Germany
by Amazon Distribution
GmbH, Leipzig